사다 보면 끝이 있겠지요

사다 보면 끝이 있겠지요

초판 1쇄 발행 2021년 9월 8일

지은이 최규화
펴낸이 강수걸
편집장 권경옥
기획 이수현
편집 신지은 강나래 김리연 윤소희
디자인 권문경 조은비
경영지원 공여진
펴낸곳 산지니
등록 2005년 2월 7일 제333-3370000251002005000001호
주소 부산시 해운대구 수영강변대로 140 BCC 613호
전화 051-504-7070 | 팩스 051-507-7543
홈페이지 www.sanzinibook.com
전자우편 sanzini@sanzinibook.com
블로그 sanzinibook.tistory.com

ISBN 978-89-6545-738-1 03810

* 책값은 뒤표지에 있습니다.
* 잘못된 책은 구입하신 곳에서 교환해드립니다.
* 이 책은 김민정 디자이너의 Mapo꽃섬체를 사용하여 디자인했습니다.

사다 보면 끝이

29년생
김두리 할머니의
구술생애사

있겠지요

구술 김두리 · 기록 최규화

산지니

머리말

오래된 숙제를 끝냈다. 할머니의 삶 이야기를 채록한 때는 2017년 2월이었다. 할머니는 그때도 아흔을 바라보는 고령이셨다. 아마 그때쯤부터, 명절 때 할머니를 뵙고 오면 '이번이 마지막 만남일지 모른다'라는 생각을 하기 시작했을 거다. 마지막 기회가 사라지기 전에 할머니 이야기를 녹음해 두고 싶었다.

회사에 휴가를 내고 포항에 갔다. 3박 4일 동안 약 열 시간 분량의 구술을 녹음했다. 이야기는 한 번에 짧게는 30분에서 길게는 두 시간까지 이어졌다. 할머니께 그만한 기력과 총기가 있다는 것이 놀라웠다. 할머니는 식사를 하시다가도 불쑥, 텔레비전을 보시다가도 불쑥, 생각나는 대로 이야기를 들려주셨다.

하지만 구술 채록을 마치고 나니, 솔직히 마음이 좀 풀어졌다. 회사 일은 늘 바빴고, 과외로 다른 책 작업까지 시작하게 됐다. 할머니 책 작업은 다음으로 미뤄졌다. 그렇게 한 해, 또 한 해 넘어가는 동안 마음의 짐은 점점 더 커졌다. 그러던 중 2020년 말 회사를 그만두게 됐다. 이 책을 쓰기 위해 사표를 썼다고 하면 거짓말이지만, 회사를 그만두면 가장 먼저 이 작업부터 끝내겠다고 마음먹은 것은 사실이다.

2021년 1월, 그렇게 4년 만에 숙제를 시작했다. 스스로 정한 기한은 딱 한 달이었다. 아침부터 밤까지 방 하나를 차지하고 들어앉아서 녹음파일과 씨름했다. 눈의 실핏줄이 터져서 흰자위가 온통 빨갛게 된 채로 며칠을 살기도 했다. 1월 한 달간 '공식적으로' 쉰 날은 아이들과 박물관에 간 하루가 전부였다.

나는 할머니의 세계에 완전히 빠져들었다. 더 늦기 전에 숙제를 마쳐야 한다는 생각, 빨리 책을 쓰고 밥벌이 대책을 세워야 한다는 생각도 물론 있었다. 하지만 나를 책상 앞에 붙들어두는 데는, 그런 책임감보다 '재미'가 더 큰 이유가 됐다. 그게 아니었다면 이 이야기를 책으로 펴내겠다는 생각도 못했을 거다.

할머니는 타고난 이야기꾼이었다. 모노드라마 속 배우처럼 생동감이 넘쳤다. 할머니와 손자로 만나온 40여 년 동안 한 번도 보지 못한 모습이었다. 하지만 구술자와 기록자로 만나니 할머니의 진면목이 반짝반짝 빛났다. 가끔은 밥 먹는 시간이 아까울 정도로, 할머니의 이야기 속에서 사는 것은 즐거운 일이었다.

마치 오랫동안 열어보지 않은 낡은 서랍 속에서 귀한 보석을 발견한 것 같은 기분도 들었다. 우리 할머니에게 이런 이야기가 있었다니! 지난 13년 동안 기자로 먹고살면서, 매일같이 남의 이야기를 듣고 쓰는 게 내 일이었다. 이런 이야기를 듣고도 기록하지 않는 것은 직업적 책임감을 저버리는 일이라는 생각도 했다.

할머니의 시동생, 즉 나의 작은할아버지는 한국전쟁 전 민간인 학살로 돌아가셨다. 이전까지 우리 가족 중 누구도 그 죽음에 대해 자세히 듣지 못했다. 아마도 '빨갱이' 가족이라는 낙인이 두려우셨을 거다. 할머니보다 먼저 세상을 뜬 자식들 이야기도 그렇다. 숨기고 싶은 이야기, 아프고 힘들어서 그만 잊고 싶었던 이야기도 많았을 거다. 하지만 내게는 그 모든 이야기가 할머니가 내게 주신 가장 값진 유산 같았다.

사실 작업 초반에는 사투리 기록에 대한 욕심 때문에 무척 답답한 날들을 보냈다. 나도 대구에서 태어나 20년을 살았으니, 경상도 사투리를 이해하는 데는 큰 어려움이 없을 거라 생각했다. 하지만 완전한 착각이었다. 미디어 환경의 영향을 훨씬 더 많이 받은 우리 세대의 사투리와는 완전히 다른 말처럼 느껴졌다.

할머니의 말이 90년 전 포항 지역 사투리를 원형에 가깝게 담고 있을 거라는 생각에 욕심을 냈다. 글자 하나하나,

최대한 할머니의 발음 그대로 활자로 옮기고 싶었다. 하나의 발음을 몇 번씩 반복해서 듣는 동안 작업 시간은 한도 끝도 없이 늘어났다. 심지어 그런 노력이 무색하게도, 도저히 문자로 옮길 수 없는 음성들도 있었다. 약 2주 동안 그런 고생을 사서 한 끝에, 결국 모종의 '타협'을 선택할 수밖에 없었다.

사투리를 어디까지 사투리로 남겨둘 것인가 하는 고민도 끝까지 나를 괴롭혔다. 해석이 필요한 사투리 옆에는 괄호를 열어 표준어를 써줬다. 최초 녹취록을 그렇게 작성했더니, 괄호가 붙지 않은 단어가 거의 없었다. 또 구술의 특성상 중간중간 생략된 말들도 많았다. 그런 말들을 분명히 밝히고 맥락을 이해시키기 위한 설명이 붙으니, 또 괄호가 늘어났다. 많지는 않지만 내가 한 질문들도 필요에 따라 기록해야 했다.

게다가 엄연히 국어사전에 있는 표준어이지만 지금은 잘 쓰지 않는 옛말이나 한자어, 낯선 분야의 용어 등도 설명해야 했다. 그런 말들을 각주로 설명하기 시작하니, 각주만 200개가 넘어갔다. 초고를 마감한 뒤에, 넘쳐나는 괄호와 각주들을 대대적으로 삭제하는 작업을 해야 했다. 독자의 상식이 어디까지 받아들여 줄 것인지, 그 실체 없는 기준을 짐작하느라 한동안 막연하고도 막막한 날들을 보내야 했다.

구성에도 고민이 많았다. 이 책에서 이야기를 끌고 가는 것은 오로지 할머니의 구술이다. 하지만 일제강점기 공출 이야기를 하다가 갑자기 경운기가 등장하는 식으로, 할머니의 이야기는 시공간을 넘나들었다. 원고지 860장이 넘는 이야기를 시간 순서대로 다시 세우고, 50여 개 에피소드로 나눠 묶었다.

할머니는 '기사년'에 태어났다는 것 말고는 정확한 연도를 말씀하신 적이 없었다. 그래서 부모님의 도움으로 생애 연표부터 만들고, 이야기를 문장 단위까지 잘개 쪼개서 재구성했다. "전쟁 나고 느그 아버지 낳기 전에"라고 시작하는 대목이 있다면, 연표에서 해당 시기를 찾아 이야기를 착착 쌓아나가는 식이었다.

'위안부'로 끌려가지 않기 위해 급하게 선택한 결혼, 눈물 속에 견딘 매운 시집살이, 전쟁과 함께 찾아온 가족의 비극, 세상이 바뀌어도 평생 벗지 못한 지긋지긋한 가난……. 이렇게 간단히 써놓으면 그 시절 여성들의 흔한 삶과 그리 다를 바 없다 생각할 수도 있겠다. 그렇다면 그 시절 그렇게 흔했을 이야기는 왜 그만큼 흔하게 기록되지 못했을까. 바로 이 질문에서, 이 책이 존재해야 할 이유를 찾을 수도 있겠다.

우리는 인구가 아니라 인간이다. 인간은 숫자가 아니라 생애로 기억돼야 한다. 한 세기에 가까운 시간의 강을 건너,

역사에서 생략된 사람들의 진짜 역사 이야기를 전하고 싶었다. 특히 할머니의 이야기는 한 사람 개인의 삶을 넘어 공동체의 역사와 만나는 지점들이 많다. 할머니의 삶 이야기는 일제강점기 '위안부'와 강제징병, 그리고 해방 후 좌우대립과 민간인 학살, 한국전쟁으로 이어지는 역사적 사실들로 확장된다.

할머니의 생애를 기록하는 것은 할머니처럼 이름 없이 살아온 모든 사람들의 삶에 역사적 지위를 부여하는 일이라 생각했다. 현대사 연표에 한 줄 사건으로 기록된 일들이 한 사람의 인생에는 어떤 모습의 '현실'로 존재했는지, 그 잔인하고 혹독했던 시절의 리얼리티를 당사자의 육성으로 생생하게 담고자 애썼다. 한 사람의 인생 이야기이자 같은 시대를 건너온 모든 사람들의 역사 이야기로 이 책이 읽히기를 희망한다.

할머니 구술 중에는 내가 도무지 알 수 없는 말들도 많았다. 그런 말들을 일일이 표시해뒀다가, 초고 작업의 막바지에 부모님의 도움으로 뜻을 밝힐 수 있었다. 자식에게도 말한 적 없는 할머니의 이야기에 눈물 흘리면서도, 녹음파일을 반복해 들으며 자문 역할을 충실히 해준 이희숙, 최술용 두 분께 감사드린다.

여성 구술생애사의 가치를 알아봐준 산지니 출판사와 윤은미 팀장님, 강나래 편집자님, 또 소중한 연재 지면을

허락해준 〈여성신문〉에도 감사드린다. 철없는 남편을 믿어준 아내 곽지현과 사랑하는 두 딸에게도 고맙다 말하고 싶다.

2021년 3월, 최규화

차례

일러두기

- 사투리는 소괄호 ( ) 안에 유사한 표준어를 밝혔다. 본뜻과 문맥상 뜻이 달라 해석이 필요한 표현이나, 구술 중 생략된 내용, 기록자의 말 등은 대괄호 [ ] 안에 표기했다.
- 사투리는 아니지만 독자의 이해를 돕기 위해 설명이 필요한 단어는 각주로 처리했다. 내용은 표준국어대사전에서 인용했다.
- 할머니가 손자에게 이야기하는 형식을 그대로 유지했다. 구술자가 제3자를 칭할 때 기록자를 기준으로 칭한 표현도 그대로 살리고, 대괄호 [ ] 안에 구술자를 기준으로 한 관계를 밝혔다. 예) 느그 할아버지[남편]
- 독자들의 이해를 돕기 위해, 아래 규칙에 따라 일부 사투리를 표준어로 수정했다.

  1. "~이까네"를 표준어로 (예 : 오이까네 → 오니까)
  2. "~하머너" "~하믄" "~하먼"을 표준어로 (예 : 하머너 → 하면)
  3. "~서르"를 표준어로 (예 : 오면서르 → 오면서)
  4. 'ㅡ'을 'ㅣ'로 발음하는 것을 표준어로 (예 : 애를 씨다 → 애를 쓰다)
  5. 'ㅆ'을 'ㅅ'으로 발음하는 것을 표준어로 (예 : 살 → 쌀)
  6. "~가"를 표준어로 (예 : 해가 → 해서, 가가 → 가서)
  7. "크다" "큰다" "카다" "캤다"를 표준어로 (예 : 가라 크대 → 가라 하대, 그캤다 → 그랬다)
  8. "긑다" "긑이"를 표준어로 (예 : 요새긑이 → 요새같이)

1

어린 시절

"자석을 낳아가지고 사지로 보낼 수가 있나. 머시마는 남자라서 군대로 간다 하지만, 여자로 우예 목숨이 죽을지 살지 모르는 데로 보내노."

그래 엄마가, 어디라도 결혼시켜야 된다 하대. 그래서 어디 머시마 있다 하면 다 중신애비를 보냈는 거야. 엄마가 그때는 살림도 안 보고, 신랑만 있으면 빨리 시집보낸다 했어. 죽는 거카마 낫다꼬, 거 보내는 거카마 낫다꼬.

오남매를 혼자 키운 엄마

내가 기사년[1929년] 생인데, 기사생 뱀띠다. 예전에는 여기가 포항시가 안 되고 영일군이 돼 있었어. 영일군 기계면 봉계동에서 태어났어.

다섯 살 먹던 해[1933년]에 아버지가 돌아가셨는 거야. 오남매 낳아놓고 돌아가셨어. 농사짓고 그냥 살다가. 엄마가 혼자 애 다섯을 데리고 살라 그래봐라. 아버지 돌아가셨을 때, 젤로 큰 언니가 열다섯 살이야. 둘째 언니는 열두 살이고, 고다음에 오빠는 여덟 살이고, 그다음에 내가 다섯 살이고. 지금 덕암[경북 영천시 고경면 덕암리]에 있는 느그 할배[남동생]가 돌 지냈는 거야, 두 살인 거야.

그래 놔둬놓고 돌아가셨뿌렸으니까, 엄마 혼자서 아(아이) 다섯이 데리고 살라 하니까 고상(고생)이 많지 뭐. 고상이 극심하지. 옛날에는 마카(모두) 남자들이 농사지어서 묵고살았잖아.

그래서 큰언니는 열다섯 살 먹어서 결혼시키고, 둘째 언니는 열네 살 먹어서 결혼시켰어. 입이라도 덜라꼬. 고다음에 서이(셋)가 남았는 거야. 내하고 덕암 할배[남동생]하고는 엄마가 델고 살고, 오빠는 큰집에 소풀이라도 비라고(베라고) 맽겼어. 할아버지가 학자였어. 할아버지 있는 데 공부도 하고 있으라꼬 큰집에 거 맽기놓고, 엄마는 내하고 동생하고 둘이 데꼬 살았어.

그래 살았는데, 시대가 일제시대니까 먹을 것도 없지, 입을 것도 없지, 농토는 있어도 요새같이 생산을 마이 낼 수가 없잖아. 할 줄로 모르니까. [나: 농사는 누가 짓는데요?] 엄마가 지었지. [나: 혼자요?] 그래. 그 전에는 여자들은 들에 일도 할 줄도 몰래(몰라). 이붓(이웃) 사람들 품앗이도 하고 이렇게 해가지고 농사짓고, 그래 근근이 살았지.

그때는 일제시대니까 아저씨들은 복대[보급대, 강제징용] 가지러, 또 청년들은 일본 병정[강제징병] 가지러, 농사짓는 사람은 늙은 사람하고 여자들밖에 없는 거야. 두 집, 세 집 건너 장골이(장정)가 하나 있거나 없거나 그랬다꼬. 그렇게 살았다니까. 그라니까 여자들끼리 품앗이를 해가지고 농사를 짓고 사는 거야.

그래 사니까 고상이 많고, 흔하게 물 것도 없고 입을 것도 없고 그케. 그래도 우리가 농사지어서 다 묵으면은 묵고살 수가 있는데, 쪼끔 먹을 게 있으면은 공출로 대야 되는 거야. 일본 사람들이 논 몇 마지기에 몇 가마이(가마니)씩 대라고 표 쪼가리를 마카 매겨서 주는 거야.

거 수량대로 다 몬 대면은, 우리가 쫌 물라꼬 남가놓으면, 내들(내내) 면서기들이 디배러(뒤지러) 오는 거야. 숨가놔도(숨겨놔도) 디배서 나오면 또 자기네가 가져가뿌는 거야. 자기네가 내났는[정해둔] 수량대로 앤 댔다꼬. 자기가 농사지도 자기가 다 몬 묵고 공출로 대야 되니까 물 게 없지. 공출로 받아 가고 돈으는 얼매씩 줬는지 안 줬는지 그거는 잘 몰라. 나이도 어리고 그라니까.

가마이도 쳐야[짜야] 돼. 가마이도 식구 수대로 아(아이)는 작게[적게], 어른은 마이. 만약에 어른이 열 장을 한다면은 아(아이)들은 한 다섯 장, 요렇게 배당을 시켜주는 거야. 그 수량대로 다 짜서 갖다주고 나야, 우리가 팔어서 돈을 해서 쓸 수가 있는 거야.

그라이 고상이 뭐 말도 몬하지. 밭에 나가 풀도 매야지, 논에 가 농사도 지야지. 지아놔도 보리는 전쟁하는 데 말 보리 한다꼬 수량 대라 해서, 말 미긴다꼬(먹인다고) 보리 공출됐지, 나락은 군량미 한다꼬, 군인들 양식 한다꼬, 군인들 미이야(먹여야) 되니까 가져가고. 일본캉 식민지가 돼 있으니까, 우리가 마카 일본 백성, 일본 나라 그양 따라가는 거지.

이노무(이놈의) 미영(면화)을 갈아*놓으면, 화약 심지 그거

* 갈다: 주로 밭작물의 씨앗을 심어 가꾸다.

한다꼬 또 공출을 대라고 해. 그 화약 심지, 남포(다이너마이트) 같은 거, 포탄 나가는 데 터주는(터트리는) 거 있제? 미영 갈아서 베로 해서 우리가 옷을 해 입어야 되는데, 그거도 또 공출로 대야 되는 거야. 자기네들이, 얼매 갈면 얼매만큼 대라 하는 거야. 자기네들 대라는 대로 다 대뿌면, 우리가 옷 해 입을 게 없는 거야.

좀 숨개놓고 댈 만치 대고 그라면, 내(계속) 디배러 오는 거야. 그런데 고거도 언제까지 디배러 오고, 언제부터는 애(아니) 오는 기한이 있어. 그래 숨개놨다가 기한 지낸 뒤에 베로 해서 제와(겨우) 옷을 해 입고 살았지. 삼 갈어서 여름 옷 해 입는 거, 그것도 또 공출 대라 해서 가져가는 거야.

그러이 우리는 입을 것도 없지 물 것도 없지, 도탄에 빠져서 사느라고 고생이 만신*인 거야.

어린 이야기꾼

우리 엄마가 글로 몰라. 국문 글도 몰라. 예전에는 왜 그렇노 하면, 여자들은 글을 몰라도 된다꼬. 어디 갈 데가 없으니까 친정으로 편지 오고 가고 연락만 하면 된다꼬 여자들은 다 글 몰라도 된다, 이라고 살았거든. 요새같이 배아야

* 몸 전체.

된다 했으면 더 배왔을 거를…….

내보다 두 살 더 무았는 친구가 있었어. 즈그 아버지는 일본 가뿌고 없고, 엄마캉 동생들캉 살았거든. 한 해 겨울에 그 집에 댕기메 글을 배았어. 가가(걔가) 국문 쫌 배운다 하니까, 내가 가르쳐돌라 했지.

가가 '가갸거겨' 하는 그거를 한 장 써주더라꼬. 글이 스물여덟 잔강 모르겠다[현재 한글 자모의 수는 스물넉 자]. 그걸 써주데. 그 집에서 저녁에 고걸 익혔다. 우리 친구 하나하고 둘이서 같이 배우고, 그다음에는 집에 와서 또 혼차 배우고.

나갈 여가(여유) 없어서 몬 나가면 집에서 배았지. 겨울에 미영 소구리(소쿠리) 담아서 갈래러(갈러) 가면, 갈래놓고 그 친구캉 둘이서 그걸 읽고. 읽다가 모르는 거 있으면 그 이튿날 그 집에 가서 한 번 더 배우고, 또 집에 와서 읽고. 한 해 겨울에 고래 배았다. 나 연필 핸(한) 자루도 앤 땔겼다(닳게 했다)[그만큼 잠깐 배웠다는 뜻].

그런데 그 이듬해 결혼해가지고, 그때부터는 그거 익히고 배우고 할 여가가 어딨노? 그때는 묵고사는 게 제일 우선이다. 근근이 내 이름자는 쓰고 그랬지. [나: 읽을 줄은 아시잖아요.] 요새 느그 글은 내가 잘 몰라. 쌍시옷 해났는 거 그런 거는 말 잘 못해. 아래웃자를[아래위 글자를] 보고 말로 맞춰서 더둥더둥(더듬더듬) 해야 말이 되는 거야. 그때는 '어문(언문)'이라 했다. 글 토*가 달라.

'아래 가'[ᄀᆞ] 자라꼬 있제? 고다(거기다) 짝대기를 하나 끄으면 고게 'ᄀᆡ'[개]가 되는 거야. 그런 자를 해서 사용을 하는데, 요새는 우에 글자로 갖다가 그거 안 하나?['개'라고 쓴다는 뜻] 어는 자가 어는 자다 하는 걸 요량** 못하는 거야. '가갸거겨고교구규그기' 끝에 'ᄀᆞ'라는 기 있었다니까. 요새는 끝에 그기['아래 아'(ㆍ) 자] 없잖아.

초시(초서***)로 마이 보고 그렇게 배왔기 때문에, 초시로 쓰면은, '고' 자를 갖다가 올기맨치로(오리처럼) 이렇게 해서 이래 둘러뿌거든. 느그 보면 모른다. 그때는 두루마리에 가사****를 써가지고, 가사라는 거는 숩게 말하자면 글 지았는 거지. 자기 심정 있는 대로 써가지고, 두루마리에 쭉 써놨는 가사집이라고 있어. 그런 것도 얻어다 보고, 내 혼자서 베끼고 붓글씨를 쫌 썼지.

* 체언이나 부사, 어미 따위에 붙어 그 말과 다른 말과의 문법적 관계를 표시하거나 그 말의 뜻을 도와주는 품사. 크게 격조사, 접속조사, 보조사로 나눈다.

** 앞일을 잘 헤아려 생각함. 또는 그런 생각.

*** 십체(十體)의 하나. 필획을 가장 흘려 쓴 서체로서 획의 생략과 연결이 심하다. 전서(篆書), 예서(隸書)를 간략히 한 것으로 행서(行書)를 더 풀어 점획을 줄여 흘려 쓴 것인데, 초고(草稿) 따위에 쓴다.

**** 조선 초기에 나타난, 시가와 산문 중간 형태의 문학. 형식은 주로 4음보의 율문(律文)으로, 3·4조 또는 4·4조를 기조로 하며, 행수(行數)에는 제한이 없다. 마지막 행이 시조의 종장과 같은 형식인 것을 정격(正格), 그렇지 않은 것을 변격(變格)이라고 한다.

난리판 애인(아닌) 같았으면 다믄(하다못해) 한 이삼 년이라도 배았으면 쫌 나을 끼다. 그럴 낀데, 겨우 한 해, 국문 그거 겨울에 매칠 저녁 댕기며 배았지.

내하고 같이 배았는 그 친구는 글을 하나도 몰라. 그 집에는 또 아(아이)가 있어. 지 동생들. 고는(거기는) 맏딸이야. 나는 동생은 덕암에 있는 느그 할배 하나밖에 없잖아. 내가 밸로 해줄 게 없잖아. 가는(걔는) 밑에 동생이 두 살, 세 살 작은 게 너리너리 있어. 맏이라 놨디(맏이가 돼서) 동생들을 업어 키아야 되는 거야. 아(아이) 그거 보느라꼬, 내보다 시간이 더 없는 거야.

같이 저녁에 [글 배우는 집] 가서 외워 와서, 그 이튿날 저녁에 내하고 지하고 같이 다시 그 집 간다. 반지(절반)를 딱 갈러가지고 요쪽 편에 하룻저녁 읽고 또 요쪽 편에 하룻저녁 읽고 그라는데, 가는(걔는) 그날 저녁에 요쪽 펜떼기(편) 읽고 나면은 요쪽 머여(먼저) 배았는 거는 다 잊어뿌는 거야.

나는 다 읽었어. 머리가 쫌 둔한 택(셈)이지 가가(걔가). 그런 것도 있고, 공부할 여가도 없고. 맺이나 지 동생들 머시니까[돌봐야 하니까], 그거 쓸 여가가 없는 거야. 그래 같이 배아도 가는(걔는) 몰라.

나는 이야기책, 소설로 내가 좋아해. 이야기책 같은 것도 마이 얻어다 보고, 베끼고, 그랬지. 내가 자주 보고 했는 거는 대강 친구들인데도(한테도) 이야기해주고, 엄마한테도 이야기해주고. 슬프고 좋고 이런 거는 이야기해주고. 내가 쫌 머리가 좋은 택이지.

[나: 그때 어떤 이야기 읽었는지 기억나세요?] 여 우리 집에 책 있을 거다. 소설, 심청전하고 춘향전하고 구운몽전 그런 건 내가 대강, 소소한 거 내놓고는(빼놓고는) 이야기해줬어. 화전가* 그거는 내 손으로 다 쓰고 베깨고, 한 분(번) 두 분 읽고 다 베깨 썼다. 니도 그거 한번 찾아서 읽어봐라. 그게 첩때(처음에) 우리 경주 사람이 지었는 거야. "천하명성 우리 경주."

내가 친구들 어불래(어울려)가지고 저녁으로 놀면, 내가 화전가 그거를 층층이 앞을 대주면[한 소절씩 먼저 부르며 알려주면] 친구들이 좋다고 야단이다. 내가 춤도 몬 추고 노래도 모하는데 층층이 앞으로 잘 대. 또 효심가라꼬 있어. 그거 앞대주고 하면, 친구들이 좋다고, 즈그 놀면 느그 할매[본인] 오라꼬 야단이다.

또 춘향전 그거 읽으면, 춘향이 매 맞고 할 때, 이르는(읽는) 사람 이르메도 울고, 듣는 사람도 울고. 그래 이야기책 읽어주면, 친구들이 마카(전부) 좋다고 와서 쭈욱 둘러앉아

* 조선 시대의 규방 가사. 봄날에 여성들이 시집살이의 굴레에서 벗어나 경치 좋은 곳을 찾아 화전놀이를 하며 즐기는 것을 노래한 작품으로, 모두 256구로 되어 있다. 작가와 연대는 알 수 없다.

가지고 들고 노는 거야. 요새같이 노래하고 춤추고 그래 노는 거는 생각을 안 했어.

나제(나중에) 시집가서, 느그 증조부님[시아버지]이 한문은 몰라도 국문은 아시더라꼬. 소설은 참 좋아하시더라꼬. 근데 또 느그 증조모님[시어머니]은 "소설 그거 낄밧은(게으른) 놈이 하는 거다." 하면서 소설로 안 좋아하셨다.

아(아이)들 놓고(낳고) 나서는 비 올 직에, 일 없을 직에는 저 소설 같은 거 좀 보고 싶어도 아(아이)들 있어서 볼 여가도 없고……. 결혼 안 하고 스무 살만 묵도록 놔났으면 나도 좀 마이 배았을 건데. 내 혼자서 공부를 해도 좀 배았을 건데. 테레비 보이 요새 늙은이들 늦게 글 배아사태(배우고 하대).

"머시마로 났으면 좋았을걸"

[나: 친구분들 중에 학교 다닌 분 계세요?] 없었지. 큰집에는 있었지. 그 집에는 돈도 있고 머시니까[잘사니까], 큰집 아(아이)들은 학교 다녔지. 내보다 한 살 덜 문 사촌은 지가 학교를 안 갈라 해서 못 갔고, 고 밑에는 아(아이)들 학교 다 가고. 우리는 아버지가 일찍이 돌아가셔뿌래가지고 잘 몬 살아도, 큰집 두 집은 잘살았다니까.

[나: 학교 보내달라는 말씀은 안 해보셨어요?] 가고 싶다고 해

도, 살림살이가 형편이 없으니까 암만 가고 싶어도 몬 가잖아. 그때는 학교 갈 때 까만 치마, 흰 저고리, 책보 요래 메고 가는데, 그게 그렇게 부럽더라꼬.

덕암에 있는 느그 할배[남동생]는 보낼라꼬 해도 몬 보냈지. 그때는 국민학교[국민학교라는 명칭은 1941년부터 1996년까지 사용됐다] 일 학년 드가는 것도 시험을 쳐서 드갔는 거야. 그런데 육 학년 졸업할 따나(졸업할 때까지) 공부 시길 만하다 싶으면은 합격을 시겨주고, 머 묻는 데 합격이 돼도 공부를 시길 능력이 없다 싶으면 불합격인 거야.

논밭 전지*도 많고 육 학년 졸업 맡도록 공부를 계속하겠다 싶으면 합격이 되는데, 우리는 없이 사니까, 아등바등 사는 그런 사람은 시험에 걸래도 앤 되더라꼬. 시험 치는 데는 다 걸랬는데 재산이 없는 거야. 재산이 없으니까 앤 되더라꼬.

그래가지고 학교는 몬 갔고, 한문을 배우러 다녔어. 건네 사장(훈장)질 하는 사람이 있는데, 거 가라꼬 천자책(천자문)으로 사서 공부하라고 보내놨지. 근데 공부로 그래 하기 싫어했어. [나: 서당이 있었어요?] 그때는 서당이 없어졌어. 그양 자기네 집안에 아(아이)들, 동네 아(아이)들로 모다놓고 한문 공부를 시겼지.

* 논과 밭을 아울러 이르는 말.

그때는 한문을 마이 썼잖아. 국문 이거는 암글*이고, 여자들이 통신하는 데 하는 거라꼬, 남자들은 밖에 일하는 데는 주로 한문으로 사용을 하잖아. 그렇기 때문에 국문 이런 거는 함부래(아예) 가르치지도 안 하고 그랬어.

그래 서당글, 천자책을 사가지고 한문 배아라꼬 보냈는데, 천자책 한 권은 다 끝냈지. 다 끝내고 동몽선습 배운다꼬 댕기다가 안 했지 싶으다. 죽어도 안 간다. 느그 덕암 할배가 쫌 보기에는 야살시리(야살스럽게**) 생겼는데 머리는 좀 둔한 편이야. 배아서(배워서) 와가지고는 이양은[한 번은] 읽어. 나는 지 읽는 거를 듣고 내가 암기를 하는데, 지는 다부(다시) 읽으면 그거를 몰라.

맺 자 읽어나가다가 "어…… 어……" 하고 있으면, 내가, 야 니 그거 뭐라 했잖아, 그래 갈채주고.

"누나 그거 어예(어떻게) 아노?"

"니 그거 배아 와서 읽는 거 내가 들었잖아."

지는 이래 글 읽는데, 내가 바느질로 하기나 뭐로 하기나 오메 가메 들은귀에 아는 거지. '하늘 천', '따 지' 그라면 글자는 뭔지 몰라도 이름[소리]은 아는 거야. 글자는 이게 '따 지' 잔지 '하늘 천' 잔지 모르지. 지 읽는 소리만 들었으이,

* 예전에, 여자들이나 쓸 글이라는 뜻으로, 한글을 낮잡아 이르던 말.

** 야살스럽다: 보기에 얄망궂고 되바라진 데가 있다.

고거 다음에는 고거라는 것만 알지.

그래가지고 "누나 니가 가서 배아라." 하데. 딸아(여자아이)들은 한문 배우러 안 댕기는데. [나: 가겠다고 하시지요 왜.] 못 가. 여자들은. 여럿이 배우고 하면은 또 가보겠는데 내 혼차 갈 수도 없지. 아예 엄마도 보내줄 생각도 안 하지. 딸아(여자아이)들은 한문 배아봤자 소용없다, 써물 데 없다, 그렇게 생각하고 살았지.

동몽선습 배울 땐데, 글 배우러 가라 해놓으니까, 아(아이)가 점심 때 돼도 안 오는 거야. 책을랑 지 수건에다 싸가지고 짚동* 구녕에 갖다 여(넣어)놓고, 나무하러 가뿌렀는 거야.

그때는 자기 산 애이면(아니면) 나무를 몬해. 소나무 같은 거 비고는(베고는) 몬해. 그냥 깔비(솔가리**), 솔 이퍼리 널쪘는(떨어진) 거 그런 거는 끌(긁어갈) 수가 있는데, 쏙깨비(생나무 가지)하고 둥거리(장작을 만들기 위해 베어놓은 나무토막)하고 [베어가면] 뺏긴다니까.

그라니까 먼 데 재를 넘어가야 돼. 깔비도 끌고, 소나무 겉가지(곁가지) 쳐서 밑에 깔어가지고 동 무꾼는(묶는) 거 그것마 해야 돼. 그거를 한 동 긁어 오면 저녁 끼때(끼니때)가 돼

* 짚단을 모아 한 덩이로 만든 묶음.

** 말라서 땅에 떨어져 쌓인 솔잎.

야 오는 거야. 근데 그마이 애묵어도(애먹어도) 나무하는 게 낫대. 그것도 팔자에 있는 거 같애.

"니 그칠(그렇게까지) 하기 싫으면 하지 마라. 하지 마고 일이나 해라."

엄마가 포기한 거지. 지끔(지금) 내보다도 더 몬해. 나는 지 이르는 것만 듣고 배았어도 수분(쉬운) 자는 어디 나오면 알 수가 있는데, 내보다가 더 못해. 엄마가 "니가 머시마 됐으면 나을 꺼를." 그라더라꼬. 그때는 머시마는 사회 나가서 써물 수가 있는데 딸아(여자아이)는 아무것도 몬했으이.

일하는 것도, 엄마가 "니는 머리가 쫌 좋다." 그라더라꼬. 엄마도 내 손 잡고 '요 요래 해라' 안 했다. 옷 같은 거 말거서(말라서*) 이래 주면은, 내가 그거 보고 고대로 옷을 망글어내고 그랬다. 그래놨디 친구 엄마가 "니는 재봉사 하면 좋겠다. 재봉틀로 하나 사가지고 니 재봉사로 해라." 이라더라. 그때 재봉틀 살 돈이 어딨노? 우선에 해 입을 옷감도 없는데.

열다섯, 파혼 소동

내가 열다섯 살 묵던(먹던) 해[1943년], 요새 그거 '위안부'

* 마르다: 옷감이나 재목 따위의 재료를 치수에 맞게 자르다.

영장이 오는 거야. [다른 지역에는] 열네 살 때부터 왔지. 부산서 머여(먼저) 시작됐을 거야. 도시부터 머여 시작이 됐어. 내 사는 동네하고 십 리 떨어진 데서 영장맨치로(처럼) 나오는 거야. 군인 가는 거나 한가지야. 영장 받아서 갔어.

그때는 '위안부'라꼬도 안 하고 방직회사 일 시킨다고, 자기네는 첩때(처음에) 말하기를 그렇게 했어. 결국 가보면은……. 나는 첩때는 그것도 몰랐어. 오새(요새)같이 이래 세상일에 밝지를 않고, 그때는 전화가 있나 머가 있노? 테레비가 있나, 천지 어디 소문 들을 데가 없잖아. 결혼시켰는 사람은 임자가 있으니까 앤 델꼬 가고, 결혼 안 하고 있는 처자들은 다 델꼬 갔는 거야.

엄마는 머를 알았는지 우옜는지, 전쟁터로 간다 하는 거는 알았는 것 같아.

"자석(자식)을 낳아가지고 사지로 보낼 수가 있나. 머시마는 남자라서 군대로 간다 하지만, 여자로 우예 목숨이 죽을지 살지 모르는 데로 보내노."

그래 엄마가, 어디라도 결혼시켜야 된다 하대. 그래서 어디 머시마 있다 하면 다 중신애비를 보냈는 거야. 엄마가 그때는 살림도 안 보고, 신랑만 있으면 빨리 시집보낸다 했어. 죽는 거카마(보다) 낫다꼬, 거 보내는 거카마 낫다꼬.

한 십 리 길 되는 데, 중신애비가 중신을 해 왔는데, 신랑이 내보다 열 살 더 무았다(먹었다) 하더라고. 내인데(나한테) 말도 안 했는데, 중신애비가 엄마자테 말하는 걸 내가 들었거든. 듣고는, 안 간다고, 차라리 거[방직공장] 갔으면 갔지, 열 살이나 더 무앗는데 내가 만데(뭐하러) 시집을 가냐꼬 했지.

"내가 열다섯 살 묵는 기, 내 밥도 몬 해묵고 내 옷도 몬 꿰매 입는데, 거 열 살이나 더 무은 신랑인데(한테) 시집가서 내가 어떻게 사노?"

시어마시는 또 혼자라 하더라꼬. 그래 내가 엄마한테 시집 안 간다 그랬거든. 그래놓이 엄마가 중신애비자테(한테) 애기한다고 갔어. 가니까 중신애비가 어디 가고 없고, 신랑 엄마라 하든강, 외숙모라 하든강 있는데 몬한다꼬 퇴혼(파혼)을 하고 왔어.

그때가 삼월 달인데, 우리가 보리밭 매러 가고 집에 없었더니, 엄마 친한 노인네가 델러 왔더라꼬.

"하이고, 오늘 사성* 오는 딸로 데리고 보리밭 매러 왔나?"

"내가 결혼 몬한다고 했는데 우예 왔는공?"

그라면서 엄마가 혼자 간다고, 동생하고 내한테 "느그는 밭 매라. 내가 가서 [돌려]보내고 오께." 이라대. 근데 가마(가만히) 밭 맨다고 있어 보이 앤 되겠더라고. 그래가꼬 엄마 간 뒤에 따라왔다니까. 집에 오니까 막 싸움을 하더라고.

* 혼인이 정해진 뒤 신랑 집에서 신부 집으로 신랑의 사주를 적어서 보내는 종이.

"[결혼을] 앤 하면 본대(본디)부터 앤 한다 하지, 왜 한다 해놓골라(해놓고는) 그라노!"

"당신네 친척집에 가서 내가 파혼한다 하고 왔는데 왜 그라노!"

저 사람들이 사성을 써 왔더라꼬. 사성을 써서, 떡이라꼬 보따리 요만침(요만큼) 싸고 그래 짊어지고 왔더라꼬. 자기네들은 [퇴혼한다는 말을] 몬 들었다 이 말이야. 그라면 그 사람한테 그랬는가 안 그랬는가 물어보러 가자꼬, 이래 싱강(승강*)이 났는 거야. 그래 내가 들와가지고 그랬다.

"아무리 우리가 고향에 안 살고 여 와서 외톨이로 산다 해도, 사람을 이렇게 업산여길(업신여길) 수가 있능교? 나도 친척이 다 있고, 제종반(사촌과 육촌)이 다 있니더. 이렇게 업산여기지 마소. 인간대사를 어떻게 그렇게 하능교? 가소. 두말할 거 없이, 나는 열 살이나 더 문 사람하고는 결혼 안 하니까 가소. 당사자가 마다 하면 가는 거지."

"사성 받고 퇴혼(파혼)하는 게 어딨노?"

"우리가 사성 받았나? 오라 했나? 오지 마라 했는데 가져왔으이 당신네가 잘못이지."

그래 엄마도 막 싸웠다. 중신애비는 여잔데, 보따리 지고 왔는 사람은 남자 노인네가 하나 왔더라꼬.

* 서로 자기주장을 고집하며 옥신각신하는 일.

"이거 가지고 당장 가소. 사람 업산여기지 말고. 없는 사람 밑에도 똑똑은(똑똑한) 사람 있으니까. 우리 [사촌] 오빠들도 다 배운 사람들이고, 당신네들 안 통한다."

내가 그랬디 늙은이가 보따리를 내삐고(내버리고) 가는 거야. 가는 거를 내가, 떡보따리 들고 마 내떤져뿟지(내던져버렸지). 영감재이가 등드리(등) 슬쩍 맞았어. 그래서 돌아서더라꼬.

"안 그라면 내 죽는 꼴 볼랑교? 내 이 자리에 느그 보는 데 죽을 끼다!"

내가 마 부엌에 칼 가지러 간다고 쫓아가니까, 엄마 친한 노인네하고 엄마하고 [나를] 붙잡고……. 그래놨디만 겁을 내서 쎄(혀)가 빠지게 즈그 가왔는 거 가주가뿌더라.

처녀들은 일본으로 데려간다고

그래서 봄에 파혼했어. 인자 얼매 안 있으면 우리 사는 동네에 머시가 [처녀들을 데리러] 오는 거야. 십 리만치 떨어져 놓은 데는 하머(벌써) 델고 갔어. 그래서 엄마가 그라더만.

"인자 니 머시[영장] 나와서 가더라도 내가 막을 수 없다."

"알았다. 내 죽더라도 내 마음대로 살다가 죽는다."

내가 엄마한테 그랬거든. 그래 있었는데, 가을꺼정(까지) [처녀들을 데리러] 안 오더라꼬. 그냥 있었는데 가을꺼정 안 나와서 느그 할배[남편]를 만났는 거야.

엄마 친구가 중신을 했어. 현곡 재로[재 넘어] 오는 데 남사골[경북 경주시 현곡면 남사리]이라는 데 있다. 거기 신랑이 있었어. 느그 할아버지가 거 살고 현곡 학교 댕기고 그랬어.

엄마 친한 친구가 중신을 해서 [결혼] 날을 받아놓고 있으니까, 신부가 올봄에 중신애비 쫓았다는 소문이 [신랑 쪽으로] 오더래. 나는 또 느그 증조모님[시어머니]이 무섭다꼬 소문이 오더라꼬. 그때도 또 나 결혼 안 할 끼라꼬, 결혼 안 할 끼라꼬 그랬지.

"내 배운 것도 없이 나(나이)도 어린데 시어마시 그마이 무서운 데 가서 어떻게 사노?"

지금 일본 가라는 거 [서류] 쪼가리만 나오면 가야 되제, 앤 가면은 몬 사는 거야. 어른들은 내(계속) 면으로 어디로 불래 댕기고……. 그랬디, 엄마가 그라더라꼬.

"야야, 우선에 머시나[끌려가는 건] 면해야 앤 되나. 우선에 급한 불으는 꺼야 될 거 아이가. 지 새끼 자묵는(잡아먹는) 부모가 있나? 사다가(살다가) 사다가 앤 되거든 [돌아]온느라."

시어마시가 와 무섭다고 소문이 났노 하면, 일이 바쁘니까 자기 친정 질녀라 하던가, 재종질녀라 하던가 하나 데려다가 요새 식모처럼 썼나 봐. 그랬는데 가자테(개한테) 동네 사람 아도록(알도록) 마이 그했는가 봐[엄하게 했나 봐]. 그래놓이 그래 소문이 났는갑더라고.

그래서 [엄마가] "사다가 앤 되거든 온느라. 신랑으는 좋단다. 내 귀에 듣기더라." 그래 달랬다. 그래서 느그 할아버지는 열일곱 살 묵고, 나는 열다섯 살 묵고 시월 달에 결혼했잖아.

결혼할 날 받아놓고 내가 아파. 독감 걸래가지고 아파가지고 결혼 모할따(못하겠다) 했어. 엄마가 "퇴정*을 하까? 니 이마이 아파서 결혼식을 모 올리이(올리니) 날짜를 물리자." 그라더라고.

느그 할매[본인]가 쫌 이상하긴 하다. 가마(가만히) 생각하니까, 날짜 물리자꼬 해서 결혼 몬하고 죽으면은 내가 처자[처녀]귀신 될 거 아이가. 열다섯 살 뭇는데 그런 시건(철)이 우예(어떻게) 들었겠노? 혼자 속으로, 처자귀신은 면해야 될 거 아이가 싶어가지고, 엄마더러 그랬다.

"엄마, 내 붙들고라도 결혼식을 올려도가(올려줘). 내가 사지는(살지는) 모할 거 같다. 이양 죽어도 처자귀신은 면해야 될 거 아이가."

[나: 그 정도로 심하게 아팠어요?] 마이(많이) 아팠어. 내가 그라니까 할 수 없어놨디 식을 올랐다니까. [신부 집에서] 식을 올리고 느그 할아버지는 이자 [신랑 집으로] 머여 갔다.

* 기한을 뒤로 미루어서 정함.

나는 한 달로 있다가 안 죽고 살아가지고, 그짜서[신랑 집에서] 다시 날을 받아가지고 시집으로 왔다니까.

본대(본디)는 결혼해서 삼 일 만에 시집을 가거든. 잔체[결혼잔치]는 삼 일 잔체 한다꼬, 다 청첩 둘러놓고 했으니까 잔체는 안 할 수 없어. 그래 색시가 안 와도 잔체는 그냥 했어. 한 달 지난 뒤에 내가 시집을 갔다니까. 잔체는 벌써로 해뿌렀으이 또 할 수는 없고, 그양 갔다.

그래 시집을 갔는데, 느그 증조모[시어머니]가 조씨야. 함안 조씨야. 내가 시집오니까 느그 증조부님[시아버지]이 그라시더라꼬.

"니 시집살이 쫌 힘들 끼다. 하늘에는 불개고 땅에는 조개라 했다. 느그 시어무이 조씨데이."

[결혼] 날 받아놓고 있을 때버텀 하머(벌써) 무섭다꼬 소문이 왔제? 그래 무섭더라꼬. 한 번 아인(아닌) 거는 아이고, 한 번 틀어지면 밥도 앤 자시고 그렇다. 뭐 잡술 거 갖다드리고 있으면 "오야, 여 놔두고 가서 느그도 어뜩(얼른) 먹어라." 이런 소리 한 번도 안 하시더라. "밥 잡수소." 하면 대답 안 하신다. 대답 안 하시고 그양 상마(상만) 땡겨 들루고(들이고). 본래 말이 쫌 없어. 쫌 성나면 이틀 사흘도 말을 안 하시더라꼬.

2

궁박한 시집살이

○

즈그 수량대로 공출 안 대고 묵고살 끼라꼬 숨가놨다가, 다들래서 나오면 또 뛰드려 맞는다. 디배서 나왔는 거는 자기네 공출 수량 모잘래면 그걸 가주간다니까. 그래서 더 물 게 없었다. 농사지은 거 그양 묵고살라꼬 했으면은 그렇게 고상은 안 했지. 그래 배로 굶고, 물 게 없어서 산에 가서 꿀밤 따 묵고…….

시부모님의 내력

느그 증조부[시아버지] 취미가 낚시야. 가정은 으예(어떻게) 되고 말고, 느그 증조모님[시어머니]은 신랑 번 돈 못 써 봤대. 머를 해도 느그 증조모가 해서, 아들 둘 델고 살았대. [시아버지는] 머 안에 양식이 떨어졌는동 있는동 없는동 그거를 모르는 거야.

예전에 돈 벌라 하면 벌 데나 있나? 농사로 마이 해가지고 잘되면 곡석(곡식) 한 말씩 내서* 팔면 그기 벌이야. 자기 농사 없는 사람들은 농사 많은 집에 하루씩 논매주고 밭매주고 이라면은 품[품삯]을 얼마씩 주는 거야.

하루에 날품이 얼마로 정해져 있어. 겨울 지나고 봄 되면은, 정월 보름날 대동회라꼬 하는 거야. 금년에는 일당으로 하로(하루) 얼마씩 정하자, 여자 품은 얼마, 남자 품은 얼마, 그래 딱 매기는 거야. 한나절이면 하루 반 품 주면 되

* 내다: 곡식이나 음식물 따위를 팔려고 내놓다.

고. 온 면으로 군으로 정해져 있는 기 아이고, 자기 동네마 그래 정해.

동네 안에 또 반이 있어. 한 반. 농사짓는 사람찌래(끼리) 고 한 반씩 한 반씩 품앗이를 하는 거야. 자기 농사 없는 사람으는 품을 뜨는[파는] 거야. 품을 뜨면, 그 사람은 하로[일을] 하면은 하로 품을 받는 기 되는 거야. 그때는 그라고 살았으니까 어디 가 돈 벌 데도 밸로 없는 거야.

시아버지는 양식이 떨어지는동 밥을 굶는동 몰라. 내(늘) 여름 되면 낚시 들고 나가셔서 놀고, 겨울 되면 친구들 모이 가지고 노는 데 거 가셔서 놀고. 그라니까 발치는 넓잖아[아는 사람이 많다는 뜻]. 돈 생기는 거는 없고 돈 쓰는 거만 만드는 거야. 장가를 가든 누구 환갑잔치를 하든 친구 분들 찾아댕기는데, 부주(부조)는 내들(항상) 시어머니가 해야 되는 거야.

시어머니는 살림 사는 게 그렇게 힘들 수가 없는 거야. 그래 했는 기 머고 하면, 오새(요새) 구멍가게 있제? 요기 살림 집 있고 앞에 구멍가게 쪼매는(조그만) 거 하나 해서, 그래서 버리고(벌고) 살았었나 봐. 시어머니가 구멍가게 지키고, 한 번씩 시아버지 친구들 델고 와서 술 맻 병씩 무뿌면 그날 일당 다 날아가뿌고, 그렇게 살았대.

그래 노는 거 좋아하시고, 윗대버텀 [집안에 재산이] 없으니까 아랫대가 힘을 모하는 거야. 손자가 잘살라면 할아버지가 뿌리로 박고 있어야 잘산다 하잖아. 근데 느그 증조할아버지[시아버지]가 열아홉 살 때 부모님이 다 돌아가신 거야. 열아홉 살 때 삼형제뿐이 앤 남아서, 고생을 하고 살았는 거야.

큰할배[시아버지]가 나무(남의) 집을 살았어[머슴살이를 했다는 뜻]. 동생 둘 아이(아직) 어리니까, 세경[머슴에게 주는 돈] 그거 받아가지고 묵고살았지. 쪼매 더 커서는, 둘째 할배도 소풀이라도 비(베어)주고 밥이라도 얻어묵고 옷이라도 얻어 입으라꼬 또 나무(남의) 집 살리고, 막내이 할배도 또 그래 나무(남의) 집 살리고. 남자니까 그래 마카 집집이 나무(남의) 집을 살고 이렇게 살았대.

우예가(어떻게 해서) 참 시어머니를 만냈는지, 시어머니를 만났어. [재산이] 없고 이러이, 집에 엄마도 없지, 아부지도 없지, 동생들 둘마 있지, 이러니까 무신 살맛이 나겠노? 낮에는 일하고, 집이라꼬 오면 동생들 치다보고 있으니까 서글퍼서라도 나가서 술 한잔 잡숫고, 배가 고파도 가서 [술을] 잡숫고. 제일 숩은(쉬운) 기 주막에 가 술 한잔 잡숫는 게 젤로 숩은 거야.

젊을 때 총각 시절에 [머슴살이를 했으니] 일이 골이 빠졌잖아. 나무(남의) 집 살아가지고 동생들 둘이 미개(먹여)살리고, 궁박[*]에 짜들래서(짜들려서[**]) 이랬으이, 그게[일이] 마 더 하기 싫지.

시어머니는 또 곱게 컸어. 어릴 때 엄마 아부지가 돌아가셨단다. 엄마는 얼굴도 모르고, 아부지는 얼굴로 제와(겨우) 안다 하더라. 무남독녀야. 외갓집에 가서 컸단다. 외갓집이 성씨도 양반이고 그 집이 종가야.

종갓집이니까 마카 한복 입고 그래놨디, 만날 앉어 있지 일로 잘 안 했어. 아가씨들은 들일 밸로 안 했어. 외손녀 데렸다가 천한 일 시긴다 할까 싶어서 외할매가 집 밖에 일은 별로 앤 시겠어.

큰머슴(상머슴[***]) 작은머슴(곁머슴[****]) 거느리고 잘사니까 식구도 많지. 바느질 할 거리도 많은 거야. 내들 앉아서 바느질이나 하고, 미영(면화) 잣는 거, 삼 삶는 거 그런 거는 시어머니가 몰라. 삼 째는 거는 이모집이라 하던가 고모집이라 하던가 거 가서 배아가지고, 삼 갈라서 째는 거는 또 째더라꼬.

어예가 결혼했는지 그거는 말로 안 했으이 모르겠더라고. 딴 거 일은 몬 하고 이러니까 구멍가게를 채려가지고, 그래

* '궁박하다'의 어근. ※ 궁박하다: 몹시 가난하여 구차하다.

** 짜들다: 좋지 못한 상황에 오랫동안 처하여 그 상황에 익숙해지다.

*** 일을 잘하는 장정 머슴.

**** 예전에, 상머슴의 일을 거들어 주던 머슴.

벌어서 묵고사자꼬 이래 했는갑더라고.

머슴살이 삼형제

시동생들 둘이가 나무(남의)집살고 나오면은, 장가를 안 갔으니까 형님 집에 한테(한데) 와 있는 거야. 농사짓고 가을에 세경 받으면은 그 집에서 나오거든. 겨울에는 머슴이 밸로 필요 없잖아. 절머슴(곁머슴), 소여물 끼리고(끓이고) 하는 쪼매끔한 아(아이)들은 필요해도, 큰머슴(상머슴)들은 잘 앤 델고 있거든.

시월 달에 가을하면 동짓달에 그 집에서 나오는 거야. 동짓달, 선달, 정월달 보내고, 이월달 돼야 머슴이 살러 드가는 거야. 이월달 돼야 농사일로 하는 거야. 큰머슴 있는 집들은 큰머슴 있는 집찌래(끼리) 품앗이를 하고, 농사 작게 짓는 사람들으는 작게 짓는 사람들찌래 품앗이를 해서 일로 하고.

그래 동생들이 형님 집에 와서 몇 달로 머시해놨디[지내니], 장골이 서이(셋)가 한 바아(방에) 와서 누버(누워) 있는 거야. 시아버지는 밸로 집에서 자지도 안 해. 만날 친구 좋아서 나가셔서, 나무(남의) 초당* 바아도(방에도) 자고 놀

* 억새나 짚 따위로 지붕을 인 조그마한 집채. 흔히 집의 몸채에서 따로 떨어진 곳에 지었다.

고, 여름 되면 낚싯대 들고 나가셔뿌고. 농사를 집에서 안 지었대.

시동생 둘이 다 나무[남의]집사다가(살다가) 겨울에 들오면, 거 밥해줘야 되고, 빨래 씪어 입해야 되고, 시어머니가 고생 마이 했어. 점방 하고 생산 쪼매끄슥(조금씩) 나는 거 가지고 묵고사는데, 시동생 둘이 다 나무(남의) 집을 살어가지고 세경을 받으면 형수한테 갖다주질 안 하는 거야.

"돈은 어야는지(어쩌는지) 몸띠(몸뚱이)만 온다."

시어머이 말이 글터라꼬. 나락 한 섬이라도 가와가지고 무면 괜찮은데, 마카 입마 들온대. 세경도 몇나(얼마) 받지도 몬하지. 머여 땡겨 써버리니까, 세경 받아서 빚 갚아뿌면 없는 거야. 나무(남의) 집 살면, 들어갈 때 나락을 한 섬씩 머여주거든. 양식 하라꼬. 그래 땡개서(당겨서) 나무(남의)집살고 묵고사는 거지.

시동생이라꼬 다믄(하다못해) 그래도 한두 섬이라도 가져오면 설아래라도(설까지라도) 묵는데, 그것도 안 해. 그래도 형님 집이라꼬 오니까 밥은 앤 줄 수가 없잖아.

시동생 하나하나 장가를 보내고 살림 내주고, 고생고생을 몇 년을 했겠지. 또 일제시대 닥치고 이러니까 사는 기 살고 말고 글치. 쪼매 버래서(벌어서) 논뙈기 사고, 나무(남의) 꺼도 얻어 부치고 이래가지고 살았는데, 제와(겨우) 이제 동생들 살림 내줘놓고 나니까, 느그 증조부님[시아버지]이 병이

나는 거야. 내(늘) 굶다가 묵다가 하고, 무도 술만 묵고 이래 놨디, 위병이 생겼다 하더라꼬. 시어머니가 그라시더라.

그때는 나무(남의) 농사를 지면은, 뚜드릴[탈곡할] 때 주인네를 오라 하는 거야. 만약에 나락이 두 섬이 난다 하면은 하내(하나에) 한 섬씩 가르는 거야. 짓는 사람 반지(절반) 주고, 지주 반지 주고. 고때는 고랬는데 쫌 더 있을수록 짓는 사람이 쫌 마이 하고 지주는 적게 주고 그라더라꼬.

그래 나무(남의) 꺼를 얻어 부치고 이래가지고 사는데, 내 시집오이, 삼형제 중에 중간에 할배, 느그 지금 제사 지내는 할아버지[증조부 삼형제 중 둘째, 기록자의 아버지를 양손으로 들인 할아버지]가 형편이 그중 낫더라꼬. 논 몇 마지기, 밭도 몇 마지기 부치고.

그 할배가 덕정[경북 영천시 고경면 덕정리] 거 와서가지고 막내이 동생을 그 근처로 오라꼬 그래 했는갑더라꼬. 그래해서 막내이 할배는 파계[경북 영천시 고경면 파계리] 거 살고, 우리는 내 결혼할 때 현곡 거 살았지.

빼앗긴 말, 빼앗긴 이름

내가 글 배우고 할 때는, 신학문, 학교 댕기는 사람이 마실에 몇이 없었어. 우리가 사는 마실에 한 백 호가 됐는데, 학생은 둘이가 있었다. 그 집들은 좀 잘사는 사람이야. 잘사는 사람이니까 신학문 배우라꼬 학교 보내고, 일본 유학도 가고. 그 집들 말고는 마카 야학으로 가르치는 거야.

야학으로 국문을 가르친 게 아이고, 일본글로 가르쳤는 거야. 그때는 일본 시대[일제강점기]니까, 만약에 내가 대구로 간다꼬 포항역에 가가지고 열차를 탄다면은 일본말로 가지고, 열차표로 어디 꺼 주시오, 이래야 되지, 우리 조선말로 가지고는 차표를 안 주는 거야. 일본 시대니까 자기네 말로 사용하라고 그라는 거지[일제는 1938년부터 우리말 사용을 금지했다].

[나: 표 주는 사람은 일본 사람이에요?] 일본 사람도 있고 조선 사람도 있어도, 일본말로 해야 표를 주는 거야. 일본말 열심히 배우라 이거지. 그중에도 젊은 사람들이 일본말 하는 사람들이 있잖아. 역에 가면, 내가 일본말을 몬하니까, '내 차표로 어디 가는 거 하나 사주소' 부탁하는 거야. 그래 부탁하면 그 사람이 대신 끊어주는 거야.

그 사람들[일본 사람들]이 자기네 말 사용하라꼬 성도 다 바깠잖아, 야야[일제는 1940년부터 창씨개명을 시행했다]. 우리 김가, 이가 그거를 몬 쓰고, 마카 성도 진짜 일본말로 바깠다. [나: 할머니도 성 바꾸셨어요?] 바깠지. 우리는 큰집이 머여 성을 바까서(바꿔서) 우리자트로(한테) 편지를 써 보냈더라.

큰집 사촌오빠가 구학*을 마이 일러(읽어)가지고 지식이 훌륭했거든. 면서기도 하고 그때는 마실에 동장질로(동장 일을) 했거든. 우리가 속국이 돼서 사니까, 그 사람들 하라는 대로 하고 살아야 되니까, 성을 바꿨으니까 느그도 그렇게 하라꼬 적어서 보냈데. 김[金]가니까 '가네시로[金城, かねしろ]'라꼬 했더라꼬. 가네시로.

느그 최가는 '요시야마(佳山)'. 느그 할아버지[남편] 일본 이름은 '요시야마 쇼카'야. 왜 그러냐 하면, 느그 할배가 그라더라. 최씨는 '높을 최(崔)' 자 아이가. 일본말로 산(山)이 '야마'거든. 그거를 한자로 따서 '요시야마'라꼬 해서 불렀다['崔'에서 '山'을 떼서 '佳山'라고 파자**하여 만든 성씨]. 우리 성만 알지. 이씨나 정씨나 그런 사람들은 어떻게 불렀는지 몰라. 성도 다 바까지고, 그래 앤 썼나.

그놈들이 동네 이름도 바꿨어. 할아버지 산소 있는 동네 거가 답곡[경북 영천시 고경면 논실리]이야. 본대(본디) 논실인데 '논 답(畓)' 자 그걸 해서 답곡이라고 왜놈들이 지었는 거야. 동네 이름을.

그래 자기네가 한 번씩 일본말 얼매나 배았는공 저거를 하러 오거든? [나: 시험처럼요?] 시험 치러 오는 택(셈)이지.

* 한학에 바탕을 둔 재래의 학문.

** 한자의 자획을 풀어 나눔. '李' 자를 분해하여 '木子'라 하는 따위이다.

일본 사람들캉 면서기들이 한 번씩 와서, [사람들을] 모아서 서아(세워)놓고 얼매나 배았느냐꼬 묻는 거야. 담배로 들고 이게 뭐냐꼬 묻는 거야.

담배가 일본말로 '다바꼬(타바코, タバコ)'거든? 근데 다바꼬 말고 또 '마구초(궐련*)'라는 게 있어. 다바꼬라는 거는 그냥 담배고, 마구초라는 게 따로 있어. 그거는 일본말로 머라 하는지 잊어뿌따, 내가. 마구초 그걸 들고, 이게 뭐냐, 물어도 아무도 모르지. 매양 다바꼬라 하는 거야. 이건 다바꼬가 애이고 머라꼬 가르쳐줘도 모르는 거야.

그거를 악착같이 배울라고 하면은 더 배울 낀데, 조선 사람이 그래 잘 앤 되지. 느그 할아버지[남편]도 성적표에 딴 거는 다 '갑'이야. 그때는 '수', '우'로 안 하고 '갑', '을'로 학교 점수로 매기는 거야. 딴 거는 다 '갑'인데, 가나**, 일본글, 일본말, 그게 '을'이야. 제일 못하는 거지.

신경을 안 써서 그런 거야. 자기네들이 시킬 때는 귀담아 듣는 척해도, 돌아서면 그게 하기 싫은 거야. 그 말로 자꾸 사용하면은 쫌 늘 낀데, 말이 우리말 하는 기 숩지. 우리끼리 마카 우리말 하지 누가 그 사람들 말 쓰나?

저녁에 야학에 가가지고 한 시간인강 두 시간인강 배우고

* 얇은 종이로 가늘고 길게 말아 놓은 담배.

** 일본어를 적는 데 쓰이는 음절 문자.

오는 거야. 배아 와도, 자고 나면 다 잊어뿌는 거야. 그라니까 옳게 모하는 거지. 이자 다 잊어뿌고, 눈으는 '메(め)', 입으는 '구찌(くち)', 코는 '하라(はな)', 손은 '우데(て)', 그런 거는 생각이 나[잘못 기억하시는 것이 있음]. 나이 어려서 했는 거는 생각이 나는데, 쫌 어려븐 거는 다 잊어뿌고 몰라.

"보릿고개 때는 걸음도 못 걸었지"

농사도 지을라 해도 땅이 없지. 논밭을 사야 농사를 짓잖아. 그때는 농토를 망글(만들, 개간할) 그런 생각을 몬했어. 돈도 없지러, 기계도 없지러. 요새같이 기술 좋고 약 치고 하면 생산 마이 내지만, 그때는 농사가 잘 안 돼. 부잣집, 농토도 많고 이런 사람은 그래도 자기 양식 할 게 되고, 제와(겨우) 몇 마지기 짓는 사람들은 마카(전부) 봄에 양식이 모자래는 거야.

들에 일하러 먼 데를 가면 밥을 싸 가야 되거든. 옛날에 초배기라고 있어. 대(대나무)로 가지고 아래위 짹(쪽)으로 요래 만들었는 거. 쉽게 말하면 요새 도시락이야. 고 초배기 한쪽에 밥을 싸고, 장은 짱아찌 같은 거하고 종바리(종지)에 다 담아서 한쪽 옆에 옇고(넣고), 물 한 비(병) 옇고.

들 멀리는 점심 무러 왔다 갔다 하면 일할 시간이 없잖아.

그러면 고래 싸서 바소구리(바소쿠리*) 담아서 [지게에] 지고 가는 거야. 지고 가서 일하고 오고. 올 때 또 보리 비서(베어서) 오면 비배서(비벼서) 또 그래 밥을 해서 묵고.

보릿고개 말 다 몬한다. 곡석(곡식)을 몬 얻어무가지고 통통 벘는(부은) 사람도 있고. 그래도 좀 낫게 사는 집에는 쌀이라도 쪼매 있으면 고걸 섞어 묵는 사람들은, 이래 나왔는 거 보면은 얼굴에 기름기가 있고 눈방울도 똘똘하고 그래.

삼통(항상) 나물 찌재 묵고[끓여 먹고] 그런 사람들은 봄에 보릿고개 될 때는 걸음도 옳게 못 걷는 거야. 기룸기룸 이래 걸어가고. 농사를 지을라면 논으를 갈어야 되잖아. 써레질**을 할라 하면, 소인데(한테) 몬 따라가가지고 훌찡이(쟁기) 안고 넘어지는 사람도 많다니까. 그래그래 농사를 짓는 거야.

그래 하루이틀 가면, 보리가 익으면, 보리 뚜드래서(두르려서) 집에 물로 버서(부어서) 찍고(찧고). 옛날에 할매[본인]가 농사짓고 살 때는 마른 보리 찍는 기계가 없었거든. 부잣집에 식구 많고 이런 집에는 성매(연자방아)라꼬 있어. 연자바아라는 거 알제?

거기 보리 가마이를 갖다 버놓고 물로 버서, 소로 미야

* 싸리로 만든 삼태기.

** 써레로 논바닥을 고르거나 흙덩이를 잘게 부수는 일.

(매)가지고 사람이 이래 훌치메[소를 몰며] 간다. 그기 실실 도면은(돌면) 뒤에 한 사람 따라가면서 수금포(삽)로 가지고 나오는 거 퍼 옇는 거야. 그라면 겉껍디기가 까지는 거야. 그래 찍어가지고, 또 때끼지는[속껍질까지 벗기지는] 모하는 거야. 펴다가 말라가지고 둥게(등겨) 까불라뿌고(까불러* 버리고).

그다음에는 디딜방앗간에 와서, 실거서[문질러서 보리수염을 없애서], 때껴서[속껍질을 벗겨서], 세 불로(번을) 찍어야 밥이 되는 거야. 껍디기를. 다시 찍어서, 널어서, 말라서(말려서), 실거서, 까불러버리고. 그래 때껴야. 키라 하는 거 있제? 챙이. 거 대고 까불러가지고, 그래 때껴서 까불러버리고.

인자 그놈을 쉬어가지고 아시(초벌로) 끼래서(끓여서), 쌀 쪼매 안치면은 거다 보쌀(보리쌀)을 쫌 퍼놓고 쌀로 쫌 안쳐서 밥을 해서 저녁에 묵고. 쌀이 없는 사람은 아침저녁으로 그거를 보쌀로 [초벌로 한 번 더] 끼래서 밥을 해야 되는 거야.

보리쌀 그거를 퍼자서(퍼지게 해서, 불려서) 밥을 할라면은 밥하는 시간이 암만캐도(아무래도) 마이 걸리지. 마이 안쳐 놓으면 끍는 것도 오래 끍어야 되고, 두 시간은 퍼자야 밥이 돼. 나제(나중에) 마른 보리 찍는 기계가 나와가지고 [편해졌

* 까부르다 : 키를 위아래로 흔들어 곡식의 티나 검불 따위를 날려 버리다.

지].

밀으는 손으로 맷돌 그걸로 갈어서, [체에] 쳐가지고 속가루 곱은 거 나오는 거는 제사 때 찌짐 꿉는다꼬 놔두고, 또 국수 할라면 그 곱은 가루라야 국수가 돼. 끌까리[중간 정도의 가루] 그거는 수제비로 떠묵고. 우에 무거리* 그거는 치대서 누룩으로 만들어서 술로 해야 돼. 놉** 해서 일하면 술도 망글어 묵고, 제사 때도 술 망글어 무야 되고.

그때도 도가(술도가)가 있어서 파는 술이 있어. 있는데, 제사 음식은 일단 다 손수 장만어야(장만해야) 된다꼬 생각했거든. 그러이 손으로 다 하는 거야. 참 예전 사람 미련치. 도가에 술이 있는데, 그거 받아다가 쓰면 사람도 수월코 할 텐데, 제사 음식은 다 해서 무아야 된다꼬…….

누룩은 해놓으면 모르게 감직어야(감춰야) 되거든[일제강점기에는 가양주가 금지됐다]. 한 달에 한 번씩인가 두 번씩인가 소문도 없이 디배러(뒤지러) 오는 거야. [나: 면서기들이요?] 어. 술 하는 재료니까. 도가서 술이 안 팔리면 이 사람들이 발고를 하는 거야. 마카 밀주를 해묵고 도가 술이 안 팔리니까, 한번 디배러 나오라꼬 고발을 하는 거지.

그래놓으면 [면에서] 나와가지고 디배서, 누룩 그것도 자

* 곡식 따위를 빻아 체에 쳐서 가루를 내고 남은 찌꺼기.

** 하루하루 품삯과 음식을 받고 일을 하는 품팔이 일꾼. 또는 그 일꾼을 부리는 일.

기네가 가가뿌고, 술도 다들래면 술 단지를 이고 동장 집꺼지 이어다 줘야 되는 거야. 이어다 주고 다 뺏기는 거야. 그런데도 그거를 해묵는다니까. 왜 그래 미련시리 그걸 해묵았을꼬? 사람 사는 기 참…….

오새(요새)는 맘대로 해무도 앤 되나. 자기네 집에서. 할 줄 몰래서(몰라서) 몬 해묵지. 할 줄만 알면은 다 해물 수 있잖아. 그때는 몬 해묵구로 하는데도 그래 해묵고, 어디 묻어놨다가 다들래면 벌금을 해야 되제, 누룩이고 술이고 다 뺏개야 되제, 그런데도 그거를 그래 했다니까. 참 미련받치도(미련하게도) 살았는 거야.

[나: 그때는 재봉틀이 되게 비쌌죠?] 어. 재봉틀, 일제로 나오는 거, 그때는 큰돈이지. 부잣집 애이고는(아니고서는) 없다니까. 식구 많고 일 많은 이런 집에는 부인들이 바느질 깝채서[바빠서] 몬하거든. 식구 많은 사람들 입고 나갈라 클 때 [옷을] 척척 내놓을라면 여간 바쁘게 해서는 몬한다.

그래서 [남들] 모르게 바느질 하는 집에 맽기는 거야. 쌀 같은 것도 모르게, 망글어주는 값에 갖다주고, 모르게 더러 해서 가는 거야. 그라니까 재봉틀만 하나 있으면 한 세네 식구는 실컨 묵고사는 거야. 재봉틀 하는 사람이 귀하니까.

명주옷하고 노방주* 같은 보드라운 거는 틀에 가야[재봉틀

* 중국산 명주(明紬)의 하나. 촉감이 가슬가슬하여 주로 여자들의 여름 옷감으로 쓴다.

로 해야] 좀 편케 하고, 안 그라면 집에서 다 손으로, 인두로 쳐서 이래 해야 되니까 [힘들지]. 일제시대 났기 때문에 재봉틀이 났지, 조선시대는 재봉틀도 없었다. 죽으나 사나 손으로 했지.

재간도 있고 좀 짭질받은(야무진) 사람은 옷도 좀 깔끔하이 해서 입고 댕기고, 가진 것도 없고 머시한[어설픈] 사람은 추리해서(추레하게) 행펜없이 댕겼지. 아(아이)가 이마이 커도 베가 없어가지고 옷을 몬 해 입해는(해 입히는) 사람도 많은 거야. 속옷을 몬 입해고 겉에 치마만 하나 가루코(가리고), 우에 적새미(적삼*) 하나 입해고 그렇게 키았으니까. 다서여섯 살 묵을따나(먹을 때까지는) 그래 입해서 키았으니까.

속속도록(속속들이) 갖차 입힐 베가 없는 거야. 베도 없고 솜씨도 없고 이런 거야. 마카 자기네 솜씨대로 쪼매쪼매 해서, 옷이고 말고 맹글어서 아(아이)들 입히고, 재산이 좀 있고 이런 사람들은 쫌 깨끗하이 간조롭게(단정하게) 채리(차려)입고 다니고 그랬지.

* 윗도리에 입는 홑옷. 모양은 저고리와 같다.

없는 살림에 공출까지

시집을 와서 보니까, 재산이 너무너무 없어. 아무것도 물게 없는 거야. 집 뒤에 가보니까 단지는 이만큼 크다꿈한(큼지막한) 게 있는데, 마카(전부) 뚜드려보이(두드려보니) 빈 단지야.

뚜드려보는 것도 사람 있을 때는 못 뚜드려봤어. 느그 할매[본인]가 시건(철)은 있었는 택(셈)이지. 두 모자[시어머니와 남편]가 장보러 간다고 자아(장에) 가뿌고 없고, 시아버지는 저쭈(저쪽) 사랑채에 있으니까, 안 듣기는(들리는) 거야. 크다꿈한 단지를 뚜드려보이 마카 빈 단지야. 탕탕탕. '이 집에는 뭐를 묵고 사노?' 싶으더라꼬.

요만한 단지가 하나 있는데, 고는(거기는) 뚜드리이께 빈 단지 소리가 나긴 나. 근데 또 빈 단지가 아인 거 같더라고. 뚜껑을 디께(열어) 보니까 고게 쌀이, 요새 말하면은 이십 키로 한 포대기(포대)도 될동 말동 담기 있더라꼬. 고기(그게) 양식이 다야. 요새같이 쉽게 팔아물[팔아먹을, 쌀을 사 먹을] 수도 없었는데. 일제시대 그때는 돈을 줘도(쥐어도) 어디 가(가서) 잘 팔아묵지도 모했다니까.

어더븐데(어두운데) 밤에 팔아서 오다가 만약에 면서기들인데(한테) 다들렸다(들켰다) 하면, 그양 뺏기고 실컷 당코(당하고, 혼이 나고)……. 쌀을 냈는[판] 집에도 당코, 팔어 오는[산] 사람도 당는 거야. 곡석(곡식)은 그양 뺏기고. 돈도 앤 쳐주고 그양 자기네가 가주가뿌는 거야. 모르게 야매로(암암리에) 내(팔아)묵는다꼬.

[나: 그 사람들은 다 한국 사람들이죠?] 한국 사람이라도, 일본 사람보다 한국 사람이 더 나빴지. 와 "왜놈 앞잽이, 왜놈 앞잽이" 안 글나? 면서기가 일본 사람이 몇이 있으면 한국 사람도 몇이 있거든? 그때는 한국이 아이고 조선이라 했지. 조선 사람도 몇이 있는 거야.

촌 내용을 촌 사람이 더 잘 아잖아. 말하자면 집 안에 사람캉(사람이랑) 집 백에 사람캉 택(같은 셈) 아이가. 그 사람들(일본 사람들)으는 속속들이 내용을 잘 모르잖아. 그러니까 일본 사람 몇이 오면 우리나라 사람 하나둘 따라온다. 그 사람들[조선 사람들]이 더 앞서가지고 다 초디배는(뒤지는) 거야. 숨가놨는(숨겨놓은) 거 다 꺼내고.

즈그(일본 사람들) 수량대로 공출 안 대고 묵고살 끼라꼬 숨가놨다가, 다들래서(들켜서) 나오면 또 뚜드려 맞는다. 디배서 나왔는 거는 자기네 공출 수량 모잘래면 그걸 가주(가져)간다니까. 그래서 더 물 게 없었다. 농사지은 거 그양 묵고살라꼬 했으면은 그렇게 고상(고생)은 안 했지. 그래 배로 곯고, 물 게 없어서 산에 가서 꿀밤 따 묵고…….

그래 시집왔는데 너무 물 게 없는 거야. 집도 하나 없지, 하다못해 조선솥[무쇠솥]도 한 쟁기 없더라꼬. 왜솥[알루미늄 솥] 하나 크다는 거 걸어놓고 그래 사더라꼬.

시집와가지고 두 핸가 지나고 또 느그 증조부[시아버지]가 돌아가셨다. 요새 생각하면 위암이야. 술을 마이 잡숫고, 위병이라 하더라꼬. 술병이다, 술병이다, 이라더라고. 느그 할아버지[남편]캉 나캉 결혼할 때, [편찮으신 지] 하머(벌써) 사오 년 됐는갑더라꼬. 그때 요새같이 약을 아나? 마 돌아가셨지.

시어른이 돈은 벌지는 모하고, 내가 시집와가지고 두 해만에 돌아가셨으니까 [재산이] 너무 없어. 너무 없어. 논도 다 팔아묵고. 지금 덕정 드가면 파계못 있고 동네 하나 있제? 그 동네 앞에 논 닷 되지기*, 삼논 고런 기 하나 있더라고. 닷 되지기라면 한 마지기가 안 되고 반지(절반)야. 닷 되지기.

고걸 남 줘가지고 삼베를 해서 옷을 해 입고 했는데, 그것도 공출로 돼뿌니까 땅주인 줄 거는 없는 거야. 자기네[소작인]는 좀 남으면 모르게 감직어(감춰)놨다가 옷을 하는지 우야는지, 우리는 그것도 몬 받고.

논이나 밭이나 나무(남의) 꺼를 얻어서 부치 묵고 사는 거야. 나무(남의) 땅도 잘 없어. 시제(각자) 지을 것도 없는데 남 줄 땅이 마이 있나? 없어. 그때는 나무(남의) 꺼 두 마지기를 얻어 부쳐서 농사를 지으면, 한 마지기는 주인 주고 한

* 논밭 넓이의 단위. 한 되지기는 볍씨 한 되의 모 또는 씨앗을 심을 만한 넓이로 한 마지기의 10분의 1이다.

마지기는 우리가 묵고 그래 해야 됐어. 반지(반으로) 갈라 묵는 거야.

그런데 그때는 농사를 올케(제대로) 모하니까 흉년이 져서 더 물 게 없어. 요새같이 나락을 생산을 마이 내면 그렇게 고상을 안 할 낀데, 생산을 못 내니까 고생을 더 마이 한 기라. 물 게 없어가지고.

어깨너머로 배운 길쌈

내가 시집오니까 느그 할아버지[남편]하고 작은할아버지[시동생]하고 삼베옷, 미영(면화)옷이 쉬고 벗고 할 것도 없더라꼬[단벌뿐이라 옷을 빠는 동안 갈아입을 옷이 없다는 뜻]. 두 어른[시부모님]들은 옷이 곱더라꼬. 쉬고 벗고 다 되고, 아들들은 쉬고 벗고 할 게 없더라꼬.

내가 와가지고, 논 닷 되지기 있는 데 삼을 갈어가지고 맻 채(묶음) 가지고 왔더라꼬. 칠월베[굵기가 굵은 베] 짜가지고 두 형제 동생 한 불(벌), 형 한 불 주적새미(주적삼, 바지저고리) 한 벌씩 해줬어.

쉬을 때는 [갈아입을] 삼베옷이 없는 거야. 느그 할배[남편]는 광목 주적새미는 있더라고. 그거를 입고 벗고. 근데 느그 작은할배[시동생]는 학교 댕기니까, 교복이 있으니까 광목 옷도 없더라꼬. 그때는 국민학생도 교복이 지정돼 있어. 국방색 아래우로 학생복이. 모자도 씨고. 여름에 더블 때도, 방학을 해도 내들 그래 입고 있는 거야.

그 전에는 느그 할배[남편]도 학교 댕겼어. 학교를 늦게 드가서(들어가서), 열일곱 살 무았는데(먹었는데) 그해 졸업을 맡을[할] 해야. 근데 결혼했다꼬 부끄럽다꼬, 다른 사람 놀래묵는다고(놀려먹는다고) 결혼하고는 학교를 안 갔어. 그래놨디 졸업도 몬 했지. 느그 작은할배[시동생]는 졸업을 맡았지.

내가 생각하이, '어른들은 옷이 철철이(철마다) 갖차(갖추고) 있으면서 아들 단지 둘인데 왜 이래 키았는공? 왜 이래 옷이 없는공? 암만캐도(아무래도) 자석들한테 좀 애정이 없는강?' 그때 철없는 생각에 그런 생각이 들더라꼬.

그래서 베 해서 주적새미 한 벌 해 입해고, 광목 적새미(적삼) 쉬을 때는 그거 입고. 칠월베를 해서 옷을 해줬으니까 쪼매 있으면 춥거든. 가을에는 광목 받아 와서 주적새미 한 벌씩 해 입고, 그래 일하고.

겨울에는 미영베 그거로 바지저고리를 해 입어. 근데 미영 갈았는데 응달 밭에 갈아놓이 미영이 몇나(얼마) 되지도 안 하고 피임도 안 되고[꽃이 크게 피지도 않고]. 양달 밭이라야 미영이 피임이 잘 되고 미영 순이도(순도) 큰데, 응달 밭에는 마카(전부) 흠다리(흠집이 있는 과일이나 물건)가 많고 미영이 얼매 안 되더라꼬. 그래 해서 미영베 한 필 반을 했지.

[시집가기 전에] 베 짜는 거는 못 배웠다니까. 못 배았는데 거 아랫방 사람이 질쌈(길쌈) 잘하더라고. 그래 옆집 아지매를 놉을 해서 둘이 베를 매서[날실의 강도와 엉킴 방지를 위해 풀을 먹이고 건조해 감아두는 과정], 짜는 거로 그 사람[아랫방 사람]이 [베틀을] 채려가지고 하리(하루) 짜주더라꼬.

베 만들 때까지 실 하고 하는 거는 내가 다 했어. 느그 증조부님[시아버지]이 그러시더라꼬.

"아이고 질쌈 한다꼬 저래가지고 아(아이) 쓰러지겠다."

내 손으로 다 해야 되니까. 그 아지매가 하리 짜주면 거품을 줘야 안 되나. 그러니까 여러 날 마이 할 수도 없고, 이튿날은 내가 한번 짜보겠다 했지. "짜다가 앤 되면 좀 가르쳐주세이." 하고, 그 아지매 하는 거를 보고 내가 짜봤어.

시어머니가 쪼끔씩 할 수 있는 거는 거들어주시더라꼬. 베 짜는 데 꾸리*라는 게 있다. 북**에 담어서 왔다 갔다 하는 게 있어. 도투마리*** 감개(감겨) 있는 거는 날(날줄)이고, 요래 짜는 거는 씨(씨줄)야. 시어머니가 꾸리는 비[감아]주더라꼬. 내가 하는 거 보고 느그 증조모[시어머니]가 비주시고, 나는

* 둥글게 감아 놓은 실타래.

** 베틀에서, 날실의 틈으로 왔다 갔다 하면서 씨실을 푸는 기구. 베를 짜는 데 중요한 역할을 하며, 배 모양으로 생겼다.

*** 베를 짜기 위해 날실을 감아 놓은 틀. 베틀 앞다리 너머의 채머리 위에 얹어 두고 날실을 풀어 가면서 베를 짠다.

짜고.

하루 짰는데, 쫌 짜다 하니까 베가 찌분(기울어진) 거야. '이걸 어떻게 해야 되나' 가마(가만히) 생각을 하니까, '옳다!', 이쪽이 낮아가지고 찌부면 이쪽으로 앉는 거야. 이쪽으로 앉으이, 땡기니까(당겨지니까) 그쪽 좀 올라가데. 그래서 고쪽으로 좀 덜 치고 군북을 반지(절반)씩 옇고(넣고) 그래 하니까 옳게 되더라꼬.

첫날 하루 종드르(종일) 짰는 게 석 자. 미영 꾸리는 야무지게 비놓으면 넉 자씩 가. 그런데 삼베 꾸리는 그렇게 안 가. 두 자 가고, 잘 야무지게 비면 석 자 가는 거야. 그래 첫날 꾸리를 하나 반을 짰는 거야. 재보니까 석 자가 되더라꼬. 베도 흠도 있고 좀 글터라꼬. 그래도 짜기만 짜놓으면 속옷을 해입든강 우야든강(어쩌든가) 싶어가지고.

쫌 짜다가 마이 찌부러져서(찌그러져서) 그 아지매 택호를 부르면서 물었어.

"노구띠기(노구댁)요, 여 쫌 와 봐주소. 어떻게 하면 되능교? 베가 한쪽으로 너무 찌부다."

그 사람이 오디만은 날로(나한테) [베틀에서] 너러(내려)오라 하더라꼬. 그래 자기가 [부티*를] 차고 앉아서 곤치(고쳐) 주더라꼬. 고거 한 번 시겨주는 거 듣고[고쳐주는 걸 보면서

* 베를 짤 때, 베틀의 말코 두 끝에 끈을 매어 허리에 두르는 넓은 띠. 나무나 가죽 또는 베붙이 따위로 만든다.

설명을 듣고] 그 이튿날은 다섯 자 짰더라꼬. 고 이튿날은 또 일곱 자 짰데. 그래 고로고로(그렇게그렇게) 짰다.

가르쳐줬는 기 딱 고거밖에 앤 가르쳐줬어. 그래놨디 그 아지매가 그라더라고.

"새댁이 친저서(친정에서) 베 짜봤나?"

"안 짜봤어요. 베 짜는 거는 처음이라요."

"하이고, 우예(어떻게) 질쌈을 그래 숩게 배우노? 나는 배우는 거로, 베 한 틀 한 도투마리 내가지고 짜는데, 내드르(계속) 맺 번으로 [다른 사람을] 불러가지고 그래 짰다. 참 수월케 배운다, 우째(어찌) 그래 숩게 배우노?"

그래 고거 짜고 미영베는 내가 [베틀을] 채렸다. 내가 채려가지고 내가 시작어가지고 짰다. 그래서 다 짰다. 그래놨디 그 아랫방 아지매가 "하이고 이상하다. 눈썰미가 어예 그래 좋으노?" 이라고, 어무이도 "하이고 야야 니 베를 우예 그래 숩게 배우노?" 그라시더라고.

그런데 마이는 몬 짜. 아이(아직) 나(나이)도 어리제, 너무 다리가 아픈 거야. 안챈널(앉을개 : 베틀에서, 베를 짜는 사람이 앉는 널빤지) 앉아서, 가리새(가로대, 가르새*)라는 그거를 발로 빼대며야(밟아 디뎌야) 되제, 뱃심(배 힘)을 줄라면 이 발로 가리새 복판에 있는 데 여를 이래야[버텨야] 되제, 내(계

* 베틀의 양쪽 채 중간쯤에 맞춘 나무.

속) 들어다 놨다 들었다 놨다…….

그래 내가 지금 이 장개이(정강이, 문맥상으로는 무릎)가 이렇게 아프다. 베로 짜면 온 육신이 다 사용을 해야 된다.

하루 스무 자, 스물두 자 이래 짜는 사람은, 베 한 필 [짤만큼] 채려놓으면, 오늘 채리면 내일이면 마치는 거야. 그마이 마이 짜. 할매[본인]는 죽을 판 살 판 짜야, 스무 자를 몬 짜. 최고 마이 짜는 게 열여덟 자. 열여덟 자 한 번 짜고, 그 우에는[그때 말고는] 열여덟 자도 못 짜는 거야. 하루 짜는 게 보통 열두 자, 열석 자, 쫌 바다(바짝) 짜면 열다섯 자까지 짜.

해 질(길) 때는 쫌 더 짜고, 해 짜릴(짧을) 때는 덜 짜고. 중간에 아(아기) 젖 미개야(먹여야) 되지러, 삼시 세 끼 밥 해묵어야 되지러, 그 시간에 베로 짜면 열다섯 자 더 짜. 근데 끼로(끼니를) 해서 무가메(먹어가면서) 짜야 되니까 더 몬 짜는 거야.

식구들이 어디 가뿌고 없어가지고 점심을 안 묵는다 하기나, 저녁으로 쫌 늦게 한다 하기나, 그래야 한 자 더 짜는 거야. 근데 하루 열두 자 짜고 나면 쪼매 수월코, 열다섯 자 넘어간다 하면은 너무 딘(된) 거야. 너무 딘 거야.

미영베는 설 밑에(전에) 짜야 돼. 베틀 치우고 제사[차례]를 지내야 되니까. 베틀은 치아야 되고 날짜는 없고 그러면 저녁 먹고 불 서(켜)놓고, 그래서 하룻저녁에 두 자씩, 석 자씩 짜는 거야. 예전에 호롱불 그거 서놓고 껌껌한데, 그제? 요새 전깃불 같으면 얼마나 좋을노.

3

해 방 은

됐 지 만

그래 니도 야야, 정치는 하지 마라. 정치에는 발 들여놓지 마라. 정치 때문에 얼마나 고생했는지 아나, 야야. 니는 모른다. 느그 앤 났을 때라서 니는 모른다. 정치는 나는 딱 싫데이. 내 니인데 벌써버텀 그랬제? 정치에는 절대로 발 들여놓지 마라. 정치는 이래졌다 저래졌다 하니까 언제 어예 될지 모르는 거야.

징병을 피하려 산골로

시집온 지 두 해 만에 할아버지[시아버지] 돌아가셨지, 또 느그 할아버지[남편] 군인[강제징병] 영장이 나왔는 거야. 그 때는 영장이 나와도 사람만 앤 비면(보이면) 몬 찾아서 앤 데리고 갔다니까. 그래가지고 군인 피한다꼬 사던(살던) 살림도 그양 내삐고(내버리고), 우선에 살 거나 쪼매 가지고 어디 꼴짝(산골)에 드가서(들어가서) 숨어서 앤 살었나.

우예(어떻게) 됐노 하면, 그 전에 경주에 현곡 거 사다가 덕정 글로(그리로) 이사를 먼저 왔다. 느그 증조부님[시아버지] 삼형제 중에 덕정 거 둘이나 살고 있으이. 거 사는데, 그 때 삼촌[시삼촌]이 징용 영장이 나왔는 거야. 근데 이 어른이 마 달러가뿌고(달아나버리고) 없는 거야.

달러가뿌고 없어놨디, 또 느그 할배를 델고 갈라 하는 거야. 그때 느그 할배가 나무하러 가뿌고 없었어. 오새(요새) 같으면 집에 오지 마라꼬 전화로 했으면 안 오지. 그랄 낀데 안 올 수가 없잖아. 나무를 해서 지고 오니까, 면서기하고 동장하고, 그때는 구장이라 했다. 구장하고 면서기하고 와서, 집 앞에 바랐고(기다리고) 있었다.

그래 내가, 나무 처박아놓고 옷 갈아입고 간다꼬 그랬지. 그래놓고 느그 할배한테 마 뒷 머시로[뒷문으로] 모르게 나가라 했잖아. 내가 좀 꾀가 많은 택(셈)이지. 뒷산으로 올라가뿌래라(올라가버려라) 해놓으니까, 느그 할배 옷도 갈아입지도 안 하고 그냥 올라갔다.

[집에서] 안 나온다고 구장이 와서 찾아보디만 없어놨디, 어데로 갔다꼬 찾고 생난리를 지기데(치데). 그래가지고 시어머니캉(랑) 나캉 실컷 다았지(당했지, 혼이 났지).

"어데로 갔는지 모르나!"

그 사람들 내(계속) 있다가 해 빠져서(져서) 어덥까(어두울 때) 갔더라꼬. 저거도 배도 고프고 해놓이 가뿠다. 느그 할배는 그래 산에 숨어 있다가 저녁에 내려왔데. 내르와가 옷 갈아입고 밤에 느그 진외가*로 갔잖아. 밤에 가서 숨어 있었다.

그래 숨어 있다가, 할 수 없이 꼴째이(산골)로 들어갔다. 다시 여(여기)는 살 수 없으니까. 느그 할아버지[남편]하고 작은할배[시동생]하고 증조모님[시어머니]하고 내하고 네 식구가. 면서기들이 와서 살피고 도다가(돌아가) 저녁답(저녁

* 아버지의 외가.

때) 되면 가뿌거든. 아쉬븐(아쉬운) 거 있으면 밤으로 모르게 집에 내르가서 아쉬운 거 한 가지씩 갖고 오고, 그래 살았다니까.

양식도 어드메 친한 사람들 연줄 연줄 해가지고 어더븐(어두운) 밤에 가서 곡석(곡식) 한 말씩 팔아서[사서] 가와서(가져와서) 묵고, 산에 가 나물 뜯어서 묵고, 고생했는 거 말할 수도 없다. 방을 쪼매는(조그마한) 거 하나 얻어서 네 식구가 한테(한데) 자고.

거서(거기서) 밑에 누가 밭을 쪼매난 거 하나 줄 테니까 집을 지으라 하데. 느그 할배하고 작은할배하고 증조모님하고 서이드르(셋이서) 흘로(흙을) 이어 담을 쳐서 집을 지었다. 나는 내들(내내) 산으로 나물 해 오고. 아침에 해 와서 삶어서 낮에 묵고, 또 점심 묵고 가서 나물 뜯어 와서 저역(저녁)에 묵고, 이따 아직(아침)에 또 묵고. 내들(내내) 산에 나물 뜯으러 댕겼다.

그래 꼴짝에 집을 만드는데, 그때는 난리판이고 니 것 내 것도 없고 하니까 두 형제가 댕기며 나무(남의) 산에 가가지고 모르게 남구(나무)를 비다가(베어다가) 막집으로 지었어. 그래도 방 두나(둘) 부엌 하나 삼칸지기(삼간집)로 만들었는 거야.

그럴 때 느그 큰아버지[첫째 아들]가 섰는 거야. [나: 산에 도망가 있을 때 임신하신 거예요?] 그래. 본대 우리 집에 왔다 갔다 했잖아. 꼴짝에 숨어 있다가 밤에는 한 번씩 내려오지. 잠도 자고 갈 때도 있고.

가뜩이나 입덧해서 못 먹는데다가 아무것도 물 것도 없으니까 내가 힘이 있을 택(턱)이 없지. 죽을 판 살 판 산으로 댕기면서 나물로 뜯어가지고 묵고, 참꽃* 따서 묵고, 송기** 막대이(막대기) 끊어서 꿀 빨어묵고, 껍디(껍데기) 빼끼(벗겨) 묵고. 그래 세월로 보냈다. 살았다.

좌우로 갈라진 세상

그래 살았으면 어떻게 살았겠노? 눈물 반 콧물 반 얼매나 고생 만신을 하고……. 팔월 대목[추석] 밑에(앞두고) 집으로 제와(겨우) 다 지아서 입택(새 집에 들어감)을 했다. 팔월 열사흘 날이 느그 큰아버지[첫째 아들] 생일이야. 열사흘 날 낳아놓고 대목 장 보러 갔는데 해방됐다 하더라고.

꼴짝(산골)에 여(여기) 있으이 테레비가 있나 뭐가 있노? 옛날에는 라지오(라디오)가 있나 테레비가 있나 아무것도 없었제. 편지를 쓰면은, 우체국 갖다 부치면은 우체부가 그 집끄지(까지) 갖다주고. 꼴째기(산골)니까 앤 그라면 소식을

* 먹는 꽃이라는 뜻으로, '진달래'를 개꽃에 상대하여 이르는 말.

** 소나무의 속껍질. 쌀가루와 함께 섞어서 떡이나 죽을 만들어 먹기도 한다.

모르지. 우리는 몰랐디만은 장에 가니까, 해방이 됐다 하데.

그때(일제시대)는 천지 공장이 있나 회사가 있나 뭐가 있노? 해먹을 게 없으니까 '황끌띠기'라꼬 있다. 소남구(소나무) 요런 거 마디 없는 거 고거를 비(베어) 와가지고 깎어. 느그 할아버지[남편]는 깎고, 나는 고거를 주워서 무꾸코(묶고). 고거를 말라가지고 조디(주둥이)를 요래요래 삐져뿌는 거야.

요새 유황 있제? 고 불에 여면(넣으면) 불 안 붙나? 고거를 조돠(주둥이에) 묻혀서 동*을 무꽈서(묶어서) 안강[경북 경주시 안강읍]자아(장에) 갖다 파는 거야. 한 짐씩 해서 갖다 팔면 줍쌀(좁쌀)도 몇 되 사고 아쉬운 거 사 오는 거야. 그래 묵고살았다.

농사도 그때는 뭐 약[농약]이 있나, 벌게이(벌레)도 묵제, 날도 가물어대제, 요새맨치로(처럼) 다 못으로 물로 가다(가둬)놨다가 하는 게 아이잖아. 보 그튼 거 좋은 거 있는 밑에는 나락을 좀 수뫄 물(심어 먹을) 수 있고, 거 내놓고는(말고는) 천수**만 바랐고(기다리고) 있으니까.

날이 가물면 마카(전부) 논에다가 머시로 가는 거야. 메물(메밀)도 흩고[씨를 뿌리고] 죄(조)도 흩고. 그거는 공출 대라

* 굵게 묶어서 한 덩이로 만든 묶음.

** 하늘 위의 물이란 뜻으로, 빗물을 이르는 말.

소리 안 하더라꼬. 나락은 공출로 가지고 가고. 그래 그거로 묵고살고 고생 만신을 다 하고.

그런데 이제 평화[해방] 됐다꼬 좋다꼬 만세 부르고 해샀는데, 평화 돼도, 내 거[재산] 없으이, 돈도 없고 내 거 없으이 살 수가 없잖아.

해방된 뒤에 빨개이(빨갱이) 시대가 다 왔다. 느그 할아버지[남편]는 낮으로 일하고 밤으로는 만날 바깥(바깥)에 숨어 있었지. 바아(방에) 있다가 그 사람들[공산주의자들] 오고 가고 하는데 다들래면(들키면) 안 되잖아. 저녁 묵고 나면 밖에 나가서 숨어 있고, 무슨 소리 나면 뒷산으로 올라가서 숨어 있고. 밤잠도 옳게(제대로) 못 자고, 그래 세월로 보냈다.

[나: 왜 숨었어요?] 데리고 가잖아. [나: 누가요?] 빨개이들이 댕기면서 [남자들을] 데리고 가잖아. 요새 얘기하는 민주당, 공화당 그 패들이 매양(마찬가지로) 그거다. 저쪼(저쪽) 이북에는 민주당이고, 공산당이라 했다[사실과 다르지만 그 시대의 왜곡된 정치인식을 보여주는 대목이라 그대로 기록한다]. 이북에는 공산당이고, 이쪽에는 공화당이고 그랬잖아. 그러니까 당파싸움이 났는 거야.

그래 내(늘) 숨고 이래서, 느그 작은할배[시동생]가 학교 공부도 육 학년 졸업 제와(겨우) 맡았다[했다]. 작은할배[여기서는 시삼촌] 집이 자식이 없잖아. 자식이 없어놓이 느그 증조모님[시어머니]이 작은할배[시동생]를 그 집으로 줬잖아.

양재(양자) 신고는 안 하고 데리고 있다가 장개(장가) 보내서 후손 보라고.

그래 거 사는데 하룻밤에 [공산주의자들이] 와서 델고 가뺐더란다(가버렸더란다). 느그 증조모님은 알(아래)로 우로 울며불며 이름을 부르고 찾아댕기고. 어디 가서 저녁으로 그 사람들(공산주의자들) 댕긴다 하니까 행여나 만낼랑가 싶어 가지고 저녁으로 울며 온 데로 돌아댕기고…….

반 미쳤다 해야 되지, 지끔 말로는. 아무 생각 없이, 그제? 가마(가만히) 누벘다가(누웠다가) 벌떡 일나면 어디로 어디로 들판이라도 쫓아댕겨야 돼. 그래 와서 또 누워 계시고. 밥도 앤 잡숫고, 내가 흰죽을 쒀서 드리고.

평화[해방]가 돼뿌러도 당파가 두 당파가 돼 있으니까 기펴고 살 수가 없는 거야. 일로도(이리로도) 절로도(저리로도) 붙잡히면 가야 되는 거고. 여(여기)는 영장만 나오면 [군대] 가야 되고, 저(저기)는 느그 작은할아버지 붙들려 가뿌고.

평화[해방] 된 뒤에, 대동아전쟁* 끝나고 느그 큰아버지[첫째 아들] 일곱 살[실제로는 여섯 살] 묵던 해가? 육이오사변이 났잖아. 육이오사변 안에(나기 전에) 그렇게 빨갱이들이 산으로 숨어서 마이 댕겼다니까.

* '태평양 전쟁'을 당시 일본에서 이르던 말. ※ 태평양 전쟁 : 1941년부터 1945년까지 일본과 연합국 사이에 벌어진 전쟁. 제이 차 세계 대전의 일부로서, 일본의 진주만 기습으로 시작되어 일본의 무조건 항복으로 끝났다.

그날 비가 왔다. 그날도 집에 안 있을 낀데 느그 할배[남편]가 이정[이질, 당시에는 설사 등을 동반한 배탈을 '이정'이라 흔히 통칭했다]을 만내서 배가 아파가지고 집에 있었거든. 고때 빨개이들이 내르와(내려와) 갖고 그래 뽇들렸다.

그때 느그 할아버지[남편]가 동장질로(동장 일을) 맡아 했는 거야. 근데 동장이고 면장이고 법 쥐고 있는 사람들[관청과 관련 있는 사람들]은 즈그한테 마카 적인 거야. 자기한테 한패가 아니잖아. 구장[동장]이라 하면 안 되거든. 붙들래면 끄직고(끌고) 가기나 죽여뿌거나 했다니까. 그 먼저도 꼴짝(산골) 사람 하나 데려다가 죽였다니까.

한 집에 빨개이들 내려와가지고 밥해 묵고 갔다고 지서*에 고발로 했는 거야. 근데 다 여(여기) 주민들이 즈그꺼정(까지) 연락망이 다 있어. 지금도 야당 패 있고, 민주당 패 있고 애(안) 있나? 그때도 그랬는 거야. 그 사람이 고발했다 하는 것도 다 듣고 있어 놨디, 다부(다시) 와서 사람 하나 죽였다니까. 사람 죽이는 거 일도 아이야, 그 사람들은. 즈그한테 좀 뭐한 사람들 죽이는 거야.

그래 빨개이들이 내르와서, 가자 하데. 뒷산에 델고 올라가디, 떼거리가 많아. 밥을 해돌라 하더라고. 이 많은 사람을 지금 어떻게 밥을 하노. 밥을 해도 내 죽을 끼고, 안 해도

* 본서에서 갈려 나가, 그 관할 아래 서 지역의 일을 맡아 하는 관서. 주로 경찰 지서를 이른다.

죽을 끼고……. 할 수 없이 양식 있는 대로 부어서 보리쌀캉(이랑) 쌀캉 해서 밥을 해줬다. 반찬이 있나. 된장 찌지고(된장찌개를 끓이고) 그래 밥을 해가 줬디, 이 사람들이 밥을 묵더라꼬.

느그 할배[남편]가 느그 작은할배[시동생] 말라(말을) 했어.

"내 동생도 당신네들이 델고 가놓고, [나까지 죽이면] 나(나이) 많은 부모하고 처자식하고 어떻게 하능교? 내 동생도 당신네들이 델고 갔으이, 날로(나를) 살려주이소."

그때는 배운 사람이 적어. 가난한 나라에 [돈도] 없으니까 그때 신학문 배운 사람 별로 없었거든. 느그 작은할배[시동생]는 국민학교 육 학년 졸업은 맡았잖아. 그라니까 그치들이 델고 가가지고 좀 높은 책임을 맡챘나 봐(맡겼나 봐). 그래서 느그 할배가 느그 작은할배 말로 했디, 즈그가 누군지 아더란다. 그래가지고 느그 할배를 놔두고 갔데. 동생 그래 끄직게(끌려) 갔는 따문에 느그 할배는 살았지.

"형이라 동생이라 말도 못하고"

그라고부터는 내들(내내) 숨어 숨어 지내고 했는데, 육이오사변 나기 전에 머시[사건]가 또 있었다. '배락부대[벼락부대, 서북청년단]'라 하면서 와가지고, 손 곱고 쫌 뺀드리한(번들번들한) 사람은 마카(모두) 덮어 팼다. 마카 뺄개이(빨갱이)

라꼬 덮어 팼는 거야.

느그 할배[남편]가 그날 나무(남의) 소를 얻어서 논을 갈았는데, 점심 먹고 쉰다고 있으니까 그놈들이 왔더라꼬. 그 사람들은 빨갱이 잡으러 다니는 사람들이야. [나: 국군이에요?] 국군이 아이고, 무진(무슨) 배락부대라 하면서 왔더라꼬.

너희 할아버지는 일은 해도 진짜 일꾼이 아이잖아, 그래놔놓이 손도 곱고 말굼하잖아(말끔하잖아), 좀 말수무레했거든(말쑥했거든). 그랬디 마 "이 새끼 빨개이구나!" 하면서 뚜드리 패는 거야. [나: 손 깨끗한 거랑 빨갱이랑은 무슨 상관이에요?] 농사짓고 일하는 사람은 손이 꺼끄럽고(거칠고), 일꾼 같고, 빨개이들은 그냥 돌아댕기고 묵고 노니까 손이 곱다 이거야. 느그 할배는 일꾼 같지 않잖아. 그래가지고 맞았다.

그래 맞고 또 일을 했다. 나무(남의) 논 얻어 부치는 거, [땅을] 갈아서 뭘 숨가야(심어야) 묵고살잖아. 하루 나무(남의) 소를 얻어놨으니까 일을 안 하고 우야노(어떡하나). 소죽 끼래(끓여) 먹여서, [땅을] 가다가(갈다가) 가다가, 아파서 몬 전디니까(견디니까) 소를 주인 집에 몰아다 주고 왔더라꼬. 와서 그래 아팠다. 돌아와서 멫 날로 실컨(실컷) 앓았다.

육이오사변 나기 전에 무슨 일이 또 있었지 싶으다. 우리 집에서 밥 해줬는 거 먹고 갔는 그놈들[공산주의자들]이 저 안동 가가지고 철도경찰에 붙들랬나, 자수를 했나 그라더라꼬. 근데 우리 집 와가지고 밥해주는 거 묵고 갔다꼬, 거서를(거기서) 마카 말을 했나 보더라고.

한날(어느 날) 파계 동장이 와서 느그 할배[남편]한테, 면에서 온느라 한다, 그러면서 자기는 머여(먼저) 가더라꼬. 오새(요새)는 전화가 있지만 그때는 전화가 없으이 직접 와서 말로 해주는 거지. 느그 할배도 동장을 했으니까. 오새 말로 이장이야. 그때는 마카 동이라꼬 동장이라 했거든.

느그 할배를 보내고 내가 생각하이 좀 이상하더라꼬. 느그 할배가 가고 난 뒤에, 자꾸 섭섭한 기(게) 좀 이상한 거야. 면에 가니까 거 지서 순경들하고 와 있더란다. 그래가지고 사실대로 이야기했단다. 그래 안동 철도경찰에서 느그 할배를 보내라 해서 안동 철도경찰로 넘어갔는 거야.

[나: 안동까지 가셨다고요?] 그래. 안동 철도경찰에서 그 사람들[공산주의자들]이 붙들랬으이, 즈그 관할이 아이라꼬 여(여기)서는 안 되는 거야. 여서 되는 것 같으면 그래도 좀 좋게 할 수가 있었는데…….

그때 사람이 일곱인강 불래(불려)갔다. 느그 할배하고, 저 오룡[경북 영천시 고경면 오룡리] 사람 하나하고, 이장(동장)들 서인강(셋인가) 그래 붙잽히갔다. [나: 다 공산당 밥해줬다고 잡힌 사람들이에요?] 그래. 뭐 좀 줬는 거, 그런 거. 즈그[공산주의자들]가 거 다 말했으니까 이 사람들이 면해날[죄를 면할] 수가 없잖아. 그래서 마카 불래간 거야.

그때 느그 작은할배[시동생]가 거[공산주의자 무리] 갔는 줄 알았으면 느그 할배도 죽었어. 거[안동 철도경찰] 가서, 바른말 하라꼬 마 줄금줄금(계속해서) 내들(계속) 추달*로 받더란다. 빨개이 밥해줬다꼬, 마 빨개이 축에 보는 거지. 나중에 면회를 갔는데, 몇 줄금(차례)을 맞고 옷에 생똥(산똥)을 다 쌌더라꼬. 그래 패고 해서, 느그 할배 골탕 들어서 오래 몬 살았다, 야야(얘야).

느그 할배는 밥해준 거는 해줬다 그랬지. "밥 와 해줬노?" 해서, 그랬단다.

"밥 애(안) 해주면 죽인다 하는데, 우선 목숨 살기 위해서 내가 해줬니더. 날 동장이라꼬 죽일라 하는데, 우선에 목숨은 살고 보자 싶어서 밥은 해줬니더."

"그랬으면 와 이양(먼저) 보고를 안 했노?"

본대(본디) 즈그[공산주의자들]도 밥 묵고 가메, '우리가 간 뒤에 어디꺼정(까지) 갔다 싶으글랑 지서에 가가지고 보고하라' 그라더란다. 느그 할배도 이양 보고를 했으면 그렇게 욕은 안 봤을 낀데, 왜 보고를 안 했나 하면은 동생 때문에. 고경면에서는 다 느그 작은할배[시동생]가 어디로 갔다는 거를 알잖아. 아니까 여서는 용서를 못 받을 거 같아 가지고 보고를 안 했대. 그래도 보고를 했으면 숩게 풀래났을 건데.

* 매로 때림.

나제(나중에)는 결국에 느그 작은할배는 어디 가서……. 느그 할배하고 같이 있었단다. 같이 거 어든(어떤) 창고 같은 데 가서 갇해(갇혀) 있었단다. 형 동생도 서로 아는 척[알은척]도 안 하고, 할 수도 없고, 서로 눈마 끔쩍거리고…….

느그 작은할배가 한 사날[*] 앞에[먼저] 나갔다 하더라. 그래 가는데, 느그 할배는 그기 죽으러 가는 줄 알았다 하더라고. 죽을 줄 알았단다. 형이라 소리도 몬하고 동생이라 소리도 몬하고 속눈물마 흘리고 그랬다면서……. 그렇게 가서, 어디 가 죽여뿌고. 그나부라게(그 때문에) 느그 할배도 반 죽었지.

할매[본인]가 안동꺼정(까지) 맻 번이나 갔다. 그래 나제 안동서 대구까지 앤 넘어왔나. 안동서도 형무소는 대구로 넘어와야 되는갑데. 그래 대구 형무소로 넘어와가지고, 나중에 법도 쪼끔쪼끔 물러지고 그 사람들[공산주의자들]이 없어지고 하니까 결국에는 무죄로 풀래났다니까. 그칠(그토록) 실큰(실컷) 맞고…….

[나: 감옥에는 얼마나 계셨던 거예요?] 한 서너 달 됐을 거야. 그거는 형을 살았는 게 아이야. [재판을 받고] 형을 받아서 살아야 그게 형이지, 미결로 붙어 있었는 그거는 형을 받은 게 아이야. 대구까지 서너 달 됐을 거야. 그래서 풀래(풀려)

* 사흘이나 나흘.

났다니까.

학살…… 침묵해야 했던 죽음

[나: 작은할아버지는 언제 어디서 돌아갔는지 소식은 들으셨어요?] 몬 듣지. 어디 가 죽었는지도 모른다. 그러이 느그 할아버지[남편]가 경찰이 괘씸한 거지. 동생을 그래 델고 가서 죽여뿌렸으니까, 밉지. 밉지만은 할 수가 없는 거야. 자기도 의심을 받을 거 겉으면 또 공산당이 되는 거야. 동생이 그랬으니까.

[나: 작은할아버지는 정말 공산당 활동을 하신 거예요?] 뭘 했는지 모르지. 드러내놓고 하는 게 아니니까. 아매도(아마도) 그 사람들인데(한테) 끄직개(끌려) 가서 1년은 더 있었지 싶으다. 그래서 나제(나중에) 자수법이 나가지고 자수를 했다니까. 자수해서 첩때(처음)는, 집에 가 있어라 하데. 요새 말로 하면 집행유예 받는 택(셈)이야.

근데 또 언제 오라 클지 모르잖아. 고때 흔적 없이 숨어 있으면, 그 사람들[경찰]이 못 찾으면 벌로 못 주는 거야. 그때는 요새같이 연락도 잘 되는 기 없고, 어디 꼴짝(산골)에 밤새 숨어 있으면 잘 몬 찾았거든. 나제 차츰차츰 자수한 사람으는 살래주는 요런 법이 났어. 고때꺼정(까지) 어데 숨어서 나중에 나왔으면 느그 작은할배가 그래 죽지는 안 했지. 근데 죽을 사람은 죽을 데를 찾는다는 말이 맞더라꼬.

울릉도에 우리 진외가 쪽으로 좀 촌수 있는 사람이 약썰국[지금의 약업사와 비슷] 하고 있었어. 느그 할아버지가 그랬다.

"니 좀 피신해 있그라. 거(거기) 가가지고 약 심부름 하고 좀 있어라. 앞으로 세월이 우예(어떻게) 될지 모른다. 세월이 매양 이렇지는 않을 거니까, 고비만 냄기면, 경찰 법이 좀 후해지면 니 여(여기) 온느라. 거도 사람 사는 데니까, 어야든동(어찌하든) 앤 죽는다 생각만 하고 그래 있어라."

옛날 그때 섬촌에는 사는 기 형편없었거든. 울릉도 거는 뚝 떨어져 있으니까 밸로(별로) 연락망이 없었어. 고(거기) 가서 들엎드려* 있었으면 살았어.

내가 집에 양식도 없으니까, 가을에 갚으꾸마 하고 나락 한 가마이(가마니) 장리**로 냈어. 내가 디딜방아에다 찧어서, 요새 같으면 쌀 이십 키로 한 포대 되는 거를 느그 작은할배인데 줬어. 내서[팔아서] 돈 하라꼬. 느그 할배가 쌀자루를 걸치고 재 너머꺼정 져다 줬다니까. 그때는 안강장 삼십 리 길을 재 넘어 걸어댕겼다. 그래 나락을 찍어가지고 아침에 일찍이 새벽밥 해 미개(해 먹여) 가지고 보냈다.

* 들엎드리다 : 밖에 나가 활동하지 않고 안에만 머물다.

** 돈이나 곡식을 꾸어 주고, 받을 때에는 한 해 이자로 본디 곡식의 절반 이상을 받는 변리(邊利). 흔히 봄에 꾸어 주고 가을에 받는다.

쌀으는 안강자아(안강장에) 가서 내가지고 포항 여기 배 타는 데 왔어. 댓머리(부두) 거 앉아서 배 시간 기다린다고 있으니까, 울릉도 있다[산다]는 늙은이가 느그 작은할배 잘(곁)에 앉아가지고 말을 거는 거야.

느그 작은할배는 느그 할배보다 인물도 더 잘났다. 더 잘나고 더 똑똑었다. 근데 성질이 좀 급해. 느그 할아버지도 급한데 작은할배는 더 급해. 누가 '이거 묵고 이 말 참아라' 하면, 그런 말 했다는 그 말꺼정 다 하는 사람이야. 그마이 곧았는(곧은) 사람이야.

그래 울릉도 있다는 늙은이가 하나 잘에 앉아서 느그 작은할배 등드리(등)를 쓰담으메(쓰다듬으며) 말로 걸었다 하더라꼬.

"아이고 인물도 도도(많이) 좋다. 총각도 도도 좋다. 총각은 어디 가노?"

"울릉도 가니더."

"울릉도 가거들랑 내캉(나랑) 같이 가자. 나도 울릉돈데 우리 딸내미 좋다. 사위 보자(삼자)."

그라면서 등어리 쓰담으메, 너무 잘났다꼬 그라더란다. 아 그라면 마 거 따라가제! 배가 왔대. 배가 왔는데, 마 그게 타기 싫더란다. 와 그렇노? 죽을라고 글나? 배 오면 타고 간다꼬 바라꼬(기다리고) 있어놓고, 배가 왔는데 마 타기 싫더란다. '내가 이래 가면 부모형제들도 못 보고 혼차(혼자) 어떻게 살로(살겠나)? 설마 [경찰이] 날 끄직어다 죽일까 봐.' 그래 생각어가지고 왔단다.

우리가 저녁 묵고 앉아 있으니까, 지금 요량하면 여덟 시, 아홉 시나 다 돼갈 꺼다. 포항서 걸어서 왔더라니까! 하이고마…… 그직세(그때는, 바로) 내가 마라캤다(야단쳤다).

"나는 [시동생] 살릴라꼬, 피신시킨다꼬 아픈 다리를 뻐디대서(억지로 디뎌서) 빗대로까(비로) 쑤새 여(쑤셔 넣어)가메 나락을 찍어가지고, 두 불(번) 세 불 실거가지고(채로 쳐서) 해줘놨디만은……."

자아(장에) 내는 거는 좀 곱게 실거야 되거든. 그걸 갖다 내서[팔아서] 자기 요기하고 또 뭐 했다 하도(하더냐)? 돈으는 매 잎(몇 닢) 썼더라꼬. 그때는 뭐가 다 돈 시세가 낮으니까 다 헐했어. 그래 거 가면 배 선가* 하고도, 배 타고 가고도, 아는 사람 집에 뭐 쪼매 사 들고 갈 수도 있었다니까. 돈이 그래 됐다니까.

느그 작은할배가 남은 돈을 내놓더라꼬. 느그 할아버지가 실컨 마라캤지.

"내가 니 돈 줬는 거 아까버 그라는 줄 아나!"

"형님 걱정하지 마소. 내 죽든동 살든동 작은집에 가가지고 있으께요. 농사짓고 있으께요."

* 선가 : 배에 타거나 짐을 싣는 데 내는 돈.

그래 가서 있더라꼬. 가서 얼매 안 있으니까, 경찰서 온느라 했잖아. 그래 불려 가가지고, 창고에 가 갇해서……. 한달이나 있었는강 반 달이나 있었는강 모르겠다. 그래서…… 앤 죽었나.

그런 사람이 많았지. 하나둘이가 아니니까, 어디 가서 죽었다 소리는 어예(어떻게) 입으로 입으로 전해들은 거야. 시어머니가 놉 하나 해가지고 아들 시체 찾는다고 가보이, 뭐 그양 죽여서 놔뒀는데, 총을 놔서(쏴서) 죽여놨디 피도 범벅됐지, [누가 아들인지] 모르겠더란다. 얼굴로 봐야 아니까 하나 두나 디새보이(들춰보니), 여름철이놔놓이 냄새는 나지, 그래 시어머니가 거서 쓰러졌는 거야.

같이 갔는 사람이 들깨아(들깨워*)가지고 델고 왔어. 그래 "자식 찾을라 하다가 내가 엎어져 죽으면 내꺼정 느그 더 애미길따(애먹이겠다)." 하디만 그직세는[그때서는] 포기하더라꼬.

그때는 거 찾지도 모했다. 찾다가 다들래면(들키면) 총살이야. 자기네[경찰]가, 어디 갖다가 가 묻어라 해야 묻었다니까. 그 안에는[그게 아니면] 경찰들 눈 피해가지고 어예(어떻게) 해서 자기 아(자식) 찾으면은 모르구로 갖다가 묻어놔야 된다니까. 그러니까 [시신을] 마카(전부) 그양 내삐지(놔두

* 들깨우다 : 요란스럽게 흔들어 깨우다.

지) 찾으러 갈 수가 없는 거야. 다들캐면(들키면) 같은 빨개이라꼬 총살 당는다니까(당한다니까). 그렇기 때문에 가 찾지도 몬해.

와 오새(요새) 시체 발굴한다꼬[민간인 학살 유해발굴 조사를 말함] 안 해사트나(하지 않더냐)? 벌구디(구덩이)를 파놓고 한테(한데) 마카 갖다 처여(처넣어)가지고, 누가 누구 시첸지도 모르지. 다 썩어서 그양 있을 거야. [나: 그 동네는 어딘데요?] 모르지. 뭐 표나게 묻었을까 봐? 몬 찾도록 펀펀하이(판판하게) 해서 묻어놨으면 어예 아노? 몇십 년이 지났는데. 모르지. 가망 없다, 야야(얘야). 찾는다는 거는 가망이 없다.

그래서 시어머니는 화병이 나가지고, 뭐 쪼끔 속상하면 가슴이 펄떡거리고 머리도 아프고. 내(늘) 이래 머리를 딩애서(동여매고) 살았다. 나도 보니까 더 불쌍해서, 더 불쌍해서 더 심기고(섬기고)……. 괄시를 하기나 호강을 하기나 [며느리가] 내밖에 업으니까…….

본대(본디) 느그 할아버지[남편]도 속에 사상은 민주당이야. 동생도 그랬고, 꼴짝에는 다 빨개이 쪽이야[가난한 산골 사람들은 주로 공산주의 사상을 지지했다는 뜻]. 그러니까 마카 그 사람들이 빨개이라꼬 취급을 하는 거야. 안 그런 사람도 있지만은, 공무원들, 면, 군, 지서, 경찰서, 그래 관리하는 사람들 내놓고는(말고는) 아매도 삼분지 이는 민주당 사상일 거야. 그때 시절에 사상이.

또 동생을 그렇게 보내뿌고는 괘씸한 거야. 경찰들인데 죽었으이. 속으로 앙심은 있는 거야. 나제 느그 할아버지가 그라더라꼬.

"내가 군대[국군] 안 갈라 했으면 그때 빠질 수도 있었다. 빠질 수도 있었는데 우예(어째서) 갔노 하면은, 내가 이판에 [전쟁 중에] 군대에 가서 산다는 보장은 없고, 내가 죽디라도 내인데 따른(딸린) 식구들이라도 기 피고 살아라 싶어가지고 갔다."

군대 가 죽었다 하면 식구들은 기 피고 사잖아. 근데 빨개이인데 끄직개갔다 하면 어디 가 말또 몬하잖아. 그때 세월이 이랬다저랬다 하니까, 우리 아들 어디 끄직개갔다 소리 절대 몬했다니까. 그거를 알 것 같으면 다 또 경찰에 불래가서 조사받고, 어예 갔는지 다 캐고 묻고, 그제? 언선시럽다꼬(지긋지긋하다고). 느그 할아버지는 군복도 싫고, 군 생활도 싫은데 그래서 군대를 간 거야.

그래 니[기록자]도 야야, 정치는 하지 마라. 정치에는 발 들여놓지 마라. 정치 때문에 얼마나 고생했는지 아나, 야야. 니는 모른다. 느그 앤 낳을 때라서 니는 모른다. 정치는 나는 딱 싫데이. 내 니인데(한테) 벌써버텀(부터) 그랬제? 정치에는 절대로 발 들여놓지 마라. 정치는 이래졌다 저래졌다 하니까 언제 어예 될지 모르는 거야.

느그 작은할아버지 그래서 돌아가셨잖아. 사람이 살아나

가는데 한평생을 어예 되는지 모르고 살잖아. 올해 이래 살다가 내년에 또 어떻게 될지 그런 거는 모르니까, 정치는 절대로 하지 마라. 니 암만 똑똑어도, 지대로 똑똑게 지대로 활개 피고 사는 그기 나은 거다, 야야. 지가 지 맘대로 어예 해서 이름나게 하는 거지, 정치 그거는 아이다.

기록자의 글 1

"그래도 우리가 농사지어서 다 묵으면은 묵고살 수가 있는데, 쪼끔 먹을 게 있으면은 공출로 대야 되는 거야."(김두리)

'공출'이라는 단어를 참 오랜만에 들었다. 역사 수업 시간에 배워서 알고는 있지만 조금은 막연하게, 아무래도 잘 와닿지 않았던 말. 하지만 그 실상을 할머니의 입을 통해 생생하게 들으니 느낌이 사뭇 달랐다.

할머니의 구술에서도 알 수 있듯 공출 품목은 참 다양했다. 실제로 미곡은 물론 면화와 마 등 40여 종에 이르렀다고 한다. 일제는 1940년 미곡에 대한 국가관리를 단행했다. 1943년부터는 모든 잡곡을 통제의 대상으로 삼으며, 국가적 관리통제에 의한 강제공출체제를 확립했다. 1944년에는 '생산보국'의 이름으로 공출할 식량의 생산증대까지 강요했고, 그해 공출량은 전체 생산량의 60%까지 이르렀다는 기록이 있다.

할아버지의 일본식 이름이 '요시야마 쇼카'였다는 이야기도 흥미로웠다. 창씨개명이라고 하면 왠지 친일파의 상징(?) 같은 느낌도 있다. 하지만 당시 조선인 다섯 명 중 네 명은 창씨개명을 받아들일 수밖에 없었다. 1940년 2월 시행된 창씨개명에는 최초 3개월 동안 7.6%밖에 동참하지 않았다. 이에 총독부는 권력기구를 동원해 강제력을 행사하는 등 여러 수단을 동원했고, 그해 8월 창씨개명 비율을 79.3%까지 올렸다.

실제로 일제는 창씨개명을 하지 않은 조선인에게, 각급 학교 입학과 진학을 거부, 공 · 사 기관에 채용하지 않으며 현직자도 해고, 행정기관에서 다루는 모든 민원사무를 취급하지 않음, 비국민 · 불령선인으로 단정해 사찰, 우선적인 노무징용 대상자로 지명, 식량과 물자의 배급대상에서 제외, 철도 수송화물의 명패에 조선 이름이 쓰인 것은 취급하지 않음 등의 방식으로 불이익을 주면서 압박했다고 한다.

"이 할머니는 1928년 5월 17일 영일군 동해면(현 포항시)에서 9남매의 맏이로 태어났다. (줄임) 15세 되던 1944년 방직공장에 취직시켜 준다는 말에 속아 부모 몰래 친구와 집을 나섰다가 북만주 목단강 위안소에서 강제 위안부 생활을 했다."(「포항 출생 일본군 위안부 이모 할머니 2일 별세」, 박주희 기자, 영남일보, 2020년 3월 3일)

기사의 주인공인 이아무개 할머니는 우리 할머니와 같은 경북 영일군에서, 할머니보다 3년(실제로는 1926년생이라고

함) 앞서 태어났다. 이 할머니의 이야기에도 '방직공장'이 언급된다. 같은 지역에서 태어나 나이마저 비슷했던 두 여성의 운명은 이 '방직공장'의 검은 실체 앞에서 잔인하게 갈라졌다.

일본군성노예제 문제해결을 위한 정의기억연대는 누리집을 통해 "피해자들의 실태조사를 통해 확인된 바로는 연행 당시의 나이가 11세에서 27세에 이르며, 피해자 대다수가 취업 사기, 유괴, 납치 등의 방식으로 동원"됐다고 밝히고 있다. 2021년 3월 현재, 정부에 등록된 '위안부' 피해자 240명 중 생존자는 15명이다.

"어디 머시마 있다 하면 다 중신애비를 보냈는 거야. 엄마가 그때는 살림도 안 보고, 신랑만 있으면 빨리 시집보낸다 했어. 죽는 거카마(보다) 낫다꼬, 거 보내는 거카마 낫다꼬." (김두리)

할머니와 같이 '위안부'에 끌려가는 것을 피하기 위해 서둘러 결혼했다는 이야기는 비슷한 세대에서 비교적 흔히 존재한다. 가까이는 내 처조모님의 경우도 그랬다. 심지어 그 결혼조차, 대개는 이름도 얼굴도 모른 채 그저 부모님의 뜻에 따라 해야만 했다. 할머니의 파혼 소동 이야기는 그런 점에서 참 신선하고 흥미롭다.

작은할아버지의 죽음에 대해서는, 이번 구술 전까지 가족 중 누구도 자세히 듣지 못했다. 한국전쟁 때 납북된 거라는 말도 있었고, 1946년 대구 10월항쟁 때 희생된 거라는 말도 있었다. 지난 70여 년 동안 자식들에게도 제대로 말하지 못한 이유는 무엇일까. 아마도 '빨갱이' 가족이라는 낙인 때문이지 않을까.

"빨개이인데 끄직개(끌려)갔다 하면 어디 가 말또 몬하잖아. 그때 세월이 이랬다저랬다 하니까, 우리 아들 어디 끄직개갔다 소리 절대 몬했다니까."(김두리)

나도 작은할아버지의 죽음이 좌익활동과 관련이 있을 거라는 정도의 짐작만 할 뿐이었다. 세상이 아무리 바뀌었다고 해도 여전히 민감할 수밖에 없는 이야기다. 조심스레 물었다. 할머니 역시 고민이 없지는 않으셨다. 다행히 할머니는 용기를 내주셨고, 가장 진실에 가까울 것이라 생각되는 이야기를 들을 수 있었다.

할머니의 이야기를 바탕으로, 작은할아버지의 죽음과 연관이 있을 법한 사건들을 찾아봤다. 진실·화해를위한과거사정리위원회는 한국전쟁 전후 영천(2009년 발표)과 경주(2010년 발표) 지역에서 민간인 학살이 자행됐음을 규명한 바 있다. 조사보고서에 따르면, 경주 사건으로 희생된 이들은 49명. 영천 사건으로는 진실규명 대상자 11명 외에도, 많게는 200명 이상이 희생됐을 가능성이 있다고 밝히고 있다.

경주 사건의 희생자들은 "빨치산에게 식량을 제공하였거나 빨치산에게 잡혀갔던 경험이 있거나 가족 중에 좌익활동을 한 사람이 있었거나 경찰에 붙잡힌 남로당원으로부터 입수된 명부에 이름이 적혀 있거나 마을주민에게 좌익으로 모함을 받았다는 혐의를 받았던 주민들"이었다.

"빨치산에게 식량을 제공하였거나"(할아버지) "빨치산에게 잡혀갔던 경험이 있거나"(작은할아버지) 한 사람. 왜 두 형제가 같은 감옥에 갇혀 매를 맞아야 했는지, 그러다 한 사람은 쥐도 새도 모르게 끌려가서 목숨을 잃었어야 했는지, 이 한 줄을 가지고 설명할 수 있을까. 조사보고서는 "유사한 사건들이 각 지역에서 있었다는 진술과 문헌자료로 보아 전체 희생자 수는 이보다 훨씬 많을 것으로 판단된다"고 덧붙였다.

영천 사건의 조사보고서는 "이 사건의 가해자는 현지 경찰(지서 경찰과 영천경찰서 경찰), 외지 경찰, 국군(백골부대), 서북청년단(벼락부대), 호림부대 등 다양하다"고 밝히고 있다.

"'배락부대[벼락부대]'라 하면서 와가지고, 손 곱고 쫌 뺀드리한(번들번들한) 사람은 마카 덮어 팼다. 마카 빨개이라꼬 덮어 팼는 거야. (줄임) 빨개이들은 그냥 돌아댕기고 묵고 노니까 손이 곱다 이거야."(김두리)

영천 민간인 희생 사건의 가해자로 지목된 벼락부대, 즉 서북청년단은 할머니의 이야기 속 다른 장면에서도 등장한다. 1946년 이북에서 남하한 이북의 각 도별 청년단체들의 통합체로 결성된 서북청년단은 우익의 선봉에 서서 좌익세

력에 테러를 가하는 행동부대였다. '남대문충돌사건'을 비롯해 '부산극장사건', '조선민주애국청년동맹 사무실점령사건', '정수복 검사 암살사건' 등이 이들의 손에 의해 자행되기도 했다.

진실·화해를위한과거사정리위원회의 조사보고서는 앞서 언급한 두 건의 민간인 희생 사건에 대해 "반인권적·반인륜적 국가범죄에 해당한다"(경주 사건)며, "민간인 집단희생 사건의 궁극적인 책임은 국민의 생명을 보호하고 군경을 관리·감독해야 할 국가에 귀속된다"(영천 사건)고 분명히 밝혔다.

'빨갱이'에서 '희생자'로 이름이 바뀌기까지 참 오래 걸렸다. 말 못할 억울함을 삼키며 살아온 유가족들도 많이들 세상을 떠났다. 진실·화해를위한과거사정리위원회는 2020년 12월, 10년 만에 재출범했다. 2021년 3월 현재 2기 위원회에 접수된 진실규명 신청은 이미 3000건에 가깝다고 한다. "반인권적·반인륜적 국가범죄"의 희생자들이 이제라도 제 이름을 찾기를, 역사의 그늘에 해원(解冤)의 빛이 닿기를 기대한다.

4

전쟁의 시작

날 데리고 피란 간다고 거 왔는데, 동생이 붙들래 가뿐 거야. 내 때문에 붙들래 갔는 거야. 그래 가뿌고 없어가지고, 엄마캉 나캉 "우야노……." 내들 울고 앉아 있으니까, 피란 와 있는 사람들이 달래주고 해사터라. 그래도 할 수 없지 뭐, 난리판에 어짤 수 없잖아.

세 살 딸을 잃고

느그 할배[남편] 형무소에서 풀래나고, 꼴짝(산골)에 드가서(들어가서) 새로 한 해 농사지었나? 한 해 농사도 몬 지었다. 고해(그해)에 느그 할아버지 영장 나와가지고 군대 갔잖아. 느그 증조모[시어머니]캉 내캉(나랑) 느그 큰아버지[첫째 아들]캉 사는데 얼매나 고생했겠노.

느그 큰아버지 밑에 또 고모[첫째 딸]가 하나 있었다. 있었는데 나캉 지캉 같이 아파가지고, 그것도 없애뿌렀잖아[죽어버렸잖아]. 느그 할매[본인]가 살 생각이 있었겠나.

[나: 고모가 또 한 분 계셨다고요?] 그래. 느그 큰아버지 밑에 고모 하나 있었다. 세 살 먹어서, 느그 할아버지 군대 가셔뿌고, 지하고 내하고 같이 아파가지고…… 그게 없어졌다[죽었다]. 말도 다 하고, 느그 할배 담배 심부름도 하고 그랬다. "담배 쌈지 가온느라(가져오너라)." 하면 가주(가져)가고 뽈뽈 돌아댕기고 했다.

그래 하다가 지하고 내하고 같이 아팠어. 느그 큰아버지 아이(아직) 어리지러, 내꺼정(까지) 아파놓이 누가 물 끼래줄(끓여줄) 사람이 있나. 한 사날 아파서, 옳게(제대로) 먹지도 몬하고 그래서 그게 죽았다. 느그 할아버지 군대 가서 연락도 없지, 그것도 죽았지, 그래 느그 할매가 살 생각이 있었겠나. 그제? 느그 큰아버지 따문에 목숨 보전한 거지.

느그 할아버지 군대 안 갈 직(적)에는, 느그 증조모도 마카(모두) 한테(한데) 안 살았어. 작은할아버지[시동생] 학교 댕길 때 밥 해준다고 살림을 따로 빼서 거기 있고, 한테도 안 왔어. 육이오사변 나가지고 느그 할아버지 군대 가셔뿌고, 내한테 한테(한데) 와셨다. 죽으나 사나 한테서(한데서) 벌어먹어 살아야 되니까, 그래 와서 같이 살았다.

느그 할부지 군대 가뿌고 일곱 달로 소식도 없었다. 갔는 사람 다 죽었잖아. 난리판에 갔으이. [나: 전쟁 터지고 나서 군대 가신 거예요?] 그래. 총소리 따당땅 따당땅 여(여기) 듣기는데 군대 갔다니까. 논실 거 있을 직에(적에). 총소리가 막, 멀리 대포 떨어지는 소리 막 쾅쾅 났거든.

그랄 때 갔는데, 그때 남은 게 부산하고 울산, 밀양, 고 남아 있었어. 밀양 삼당진(삼랑진, 경남 밀양시 삼랑진읍)이라든가? 고 가가지고 일주일로 국군 훈련 받아가지고 그래 전방으로 갔다 하대. 전방으로 가서 고생을 고생을 얼매나 하고…….

저 표창장 받을 때[1953년]는 전라도 [인민군] 토벌작전 거

가가지고 받았다 하더라. 느그 할아버지는 좀 배았으니까, 글로 아니까, 총 놓고 이런 거는 밸로 안 했다 그래. 그때는 글 아는 사람이 마이 없었어. 마카 사지 몬해서 머 하니까 [사는 게 어려워서 제대로 배우지 못했다는 뜻].

느그 할배는 만날 뒤에 사무실에 그래 있었거든. 보급창고 물건, 군인들 물 거 가지고 오면은 받아 들루코(들여놓고) 또 대주고 그런 거 했지. 대신 [주둔지를] 옮기면 빨리 군인들 오기 전에 머여(먼저) 옮겨가야, 어디 가도 군인들을 미개(먹여)살릴 수 있으니까 더 바쁜 거야.

총 놓고 그래는 안 했다 해도, 군대에서 몇 분(번)이나 죽을 고비를 당했단다. 그래도 그래 사더란다. 햇수로는 아매 한 오륙 년 될 거야. 그마이 될 거야[실제 복무기간은 6년 반 정도].

나제 전쟁 끝나고 제대하기 전에, 작은할배[시삼촌]도 머시라 하더라꼬. 거서 나와봐도 밸로 할 것도 없고, 농사도 마이 없고 하니까 제대하지 마고 마 말뚝 박아서 있으라꼬. 말뚝 박겠다 하면 그래 있을 수가 있었거든. 그래놨디 느그 할아버지는 안 있을라 하더라꼬.

"사회 나가도 군대만치(만큼) 하면 몬 묵고살 택(턱)이 있겠나? 매여서 사는 게 너무 싫다."

느그 할아버지는 군대생활이 그렇게 싫었다. 그래가지고 제대를 안 했나.

마당으로 피란 온 사람들

육이오사변 때 등(산등성이) 너매(너머) 사람들이 우리 집에도 피란 와서 마이 있었어. 우리 마다아로(마당으로), 방앗간에로, 마개(마굿간, 외양간)로 와 있었어. 암만캐도(아무래도) 해가 빠지고(지고) 어더브면(어두우면) 쫌 춥잖아. 사람들 마카(전부) 이슬 안 맞는 데 잔다꼬 방앗간에로, 마개로 드가서(들어가서) 이래 자고.

뭐 잔다꼬 잠이 오나? 양사방(이쪽저쪽) 총살(총알) 떨어지고 포살(포탄) 떨어지고 하이, 언제 죽을지도 모르는 거야 ['활-화살' 관계처럼 '포-포살', '총-총살'이라 부르는 듯]. 만일 [포탄이] 거 떨어졌다 하면 다 죽는다.

피란 왔는 사람 장 떨어지고 뭐 떨어졌다 하면, 없는 거는 몰라도 장은 우리 장꼬방(장독) 단지에 있으이 퍼다 묵아라(먹어라) 했다. 오늘 죽을동 내일 죽을동 모르는데 뭐 그 애껴놨다 뭐 하노, 그제? [나: 다 모르는 사람들이잖아요.] 낯선 사람들이지. 등 너매 사람들이 글로(그리로) 왔으니까.

울타리에 호박 숨가(심어)놨는데, 누런 이퍼리(이파리)가 없었다. 반찬이 없으니까 마카 그걸 뜯어가지고 비벼서 쉬어(씻어)가지고, 우리 장 떠다가 멀건 장물*로 해가지고 끓여가지고 묵는 거야.

저 앞에 못이 있는데, 냄비를 돌로 걸어놓고 호박 이퍼리 그거를 건디기(건더기)라꼬 넣어서 국을 끼래가(끓여서) 묵고. 그래서 줄거리만 앙상그레하이(앙상하게), 울타리에 호박 이퍼리가 하나도 없었다. 정구지(부추) 밭에 정구지도 띠(뜯어) 묵고, 밭에 채소 있는 거 다 뜯어 무아라(먹어라) 했다.

해 빠지기 전에 밥을 해야 돼. 저녁에 불이 있으면 군인들 있는 줄 알고 포를 때린다꼬. 민간인일 줄 알머사(알면) 포를 앤 때리지. 근데 밥한다고 불을 피우면 여기저기 빼떡거릴(번쩍거릴) 거 아이가, 불이? 빼떡거리고 불이 마이 있으면, 군인들 주둔하고 있는 줄 알고 거 포살(포탄)을 때리는 거야. 비행기 타고 댕기면서. 밤에는 불로 피해야 되는 거야. 해 빠지기 전에 다 저녁을 해서 무뿌려야(먹어버려야) 된다니까.

그때 느그 증조모님[시어머니]이 우리도 피란 가자 하시더라고. 근데 느그 할아버지[남편]도 군대 가고 소식도 한 장 없제, 아(아이) 하나 없애뿟지[죽어버렸지], 뭔 생각에 내가 피란을 가겠노? 마 나는 죽어도 여 앉아서 죽는다꼬 앤 간다 했다.

* 간장을 탄 물.

"니는 오기 싫거든 오지 마라. 이거[아들] 하나 있는 거를 갖다가 씨는 이사야(대는 이어야) 되니까, 나는 이거 데리고 갈 끼다."

그래 느그 증조모님이 느그 큰아버지[첫째 아들]만 들고(데리고) 가셨다.

포살(포탄)이 바리(바로) 우리 앞산에서 와서 떨어지고, 총살(총탄)이 이리 가고 저리 가고, 어디 피란 갈 데도 없어. 덜한 데로 간다 하면서 가는 기, 가다가 죽고 오다가 죽고. 양식을 한참 마이 못 가주(가져)가잖아. 물 거 없어서 가지러 가다가 또 죽고, 그때 마이 죽었다, 야야(얘야).

사람이, 강둑에 저(저기)도 시체가 넘어 디딜 만하이[넘어 다녀야 할 만큼] 있었단다. 그마이 마이 죽었다. 포항 여기도 마이 죽고, 산꼴짝(산골짜기)에도 죽고, 미군도 죽고, 한국군도 죽고, 저쪽[북한] 사람들도, 넘어왔는 사람들도 마이 죽었다.

인민군에 끌려간 동생

그래서 피란을 앤 가고 있으니까 느그 진외조모[엄마]가 덕암에 있는 할배[남동생]을 들고(데리고) 날 데릴러 둘이 왔더라꼬. 딴 거는 가져오지도 몬하고 부엌에다가 단지를 파서 묻어놓고[중요한 것을 단지에 넣어서 부엌 아래를 파서 넣어두고], 쌀마 요만침(만큼) 넣어서 덕암에 느그 할배[남동생]가 지고 왔더라꼬. 와가지고 날로(나한테) 같이 피란 가자 하더라고.

엄마가 동생 델고 낮에 왔어. 와서 밀수제비를 떠가지고 막 점심을 묵고 나니까 인민군이 닥쳤더라고. 내들(내내) 그래도 인민군을 못 봤지. 인민군도 못 보고 아군도 못 보고 그랬는데, 그날 인민군이 왔는 거야.

그래 동생을, 이웃 사람 하나하고 동생하고 둘이 마 붙들래(붙들려) 갔다. 자기네들 부상당하는 사람 미고(메고) 가야 되니까, 같은 동료니까 내삐고(내버리고) 갈 수 없잖아. 가다가 죽더라도 미고(메고) 가야 되니까, 그거 해야 된다꼬 남자들을 붙들고 갔는 거야.

날 데리고 피란 간다고 거 왔는데, 동생이 붙들래 가뿐 거야. 내 때문에 붙들래 갔는 거야. 그래 가뿌고 없어가지고, 엄마캉(랑) 나캉 "우야노(어쩌니)……." 내들(내내) 울고 앉아 있으니까, 피란 와 있는 사람들이 달래주고 해사터라(그러더라). 그래도 할 수 없지 뭐, 난리판에 어짤 수 없잖아.

저녁도 안 하고 그래 있었다. 그때는 시계도 없었다. 여름이니까 한 열두 시나 넘었을 때, 새벽 한두 시 됐을까? 그래 동생이 왔더라꼬! 다 잠들고 한밤중에.

이자(이제) 어디쯤 가서 즈그[인민군들]도 잠을 잘 거 아이가. 거 대문 앞에는 보초를 세워놓고 마카(모두) 잠들었는 거야. 망보는 사람은 있어야 아군[국군]이 어디꺼정(까지) 왔다 하면 즈그 달러가든(달아나든) 대항을 하든 채비를 해야 될 거 아이가.

동생이 같이 붙들래 갔는 사람하고 본대(본디) 친면*이 좀 있었어. 그 집이 우리캉 한[같은] 성이야. [그 사람의 엄마한테] 내(늘) 아지매라 하고 그랬거든. 그래서 자는 거를 곱게[살살] 깨배서(깨워서), 둘이 살살 기어서 나왔단다. 여름이니까, 덥으니까(더우니까) 문을 열어놓고 잤는 거야.

그래 기어서 뒤로 나오니까 담이 있더란다. 울딸(울타리) 같으면 [헤치고] 나오기가 숩었을(쉬웠을) 건데, 담이니까 하나 떠받어 올리놓고 하나는 담 우에서 땡기올리고 이래서 넘어왔단다. 흘(흙)이 질질 얽어지더란다[흙담이 조금씩 부스러져 뭉개졌다는 뜻]. 붙들러 오는가 싶으더란다. 죽으면 죽고 살면 살고, 가다가 죽으나 붙들래 죽으나 한가지지 뭐.

담 넘어 떨어지니까 대밭이더란다. 대밭 속을 기가지고 나오니까 또 콩밭이 있어. 콩밭 고랑으로 삼통(줄곧) 기어왔는 거야. 길로 오면 군인들한테 붙들리까 싶어서. 아군인데(한테) 잡해도 밤에 그리 댕기니까 빨개이(빨갱이)라꼬 죽고, 빨개이[인민군]한테 붙들래도 달러간다꼬 죽고. 이쪼 잡해도 죽고, 저쪼 잡해도 죽고. 그니까 고랑으로 이래(이렇게) 삼통

* 서로 가까이 사귀어 잘 알고 있음. 또는 그런 관계.

(항상) 살살 기(기어)가지고.

옷도 다 배렸어. 삼통 기어온다꼬. 무슨 소리 있을 때는 나무 밑에 가마(가만히) 엎드려서 있다가, 풀밭 속에 엎드려 있다가, 그래가 기어서 기어서 재로 하나 넘어서 왔더라.

옛날에 일제시대 곡석(곡식) 그튼 거 감직어(감춰두고) 묵는다꼬, 요 방에다가 안에 담을 쌓아가지고 꼴방(골방)이 요런 게 있었어. 여 드가는(들어가는) 문이 요만한 게, 곡석 가마니 들고 하나 드갈 만침(만큼) 문이 하나 요래 있는 거야. 저쪽은 다 백에서 포(표) 없이로[표시나지 않게] 돼 있어.

고 감직어놔도, 일본 사람들은 그거를 몰라. 아는 사람은 알아도, 그양 봐가지고는 모르거든. 일본 사람들은 모르는데, 한국 사람들이 자기네 집도 그래 했으이 그걸 아는 거야. 자기네 집들도 고래 해놨는 놈들이 알고 디배내는(찾아내는) 거지. 못된 사람들은 그걸 자기네가 디배내는 거야.

그래 그라던 방이 있어가지고, 동생인데 거 들어가서 자라꼬 했는 거야. 답답기도 하지. 그래도 일단 숨어야 될 거 아이가. 그래서 동생을 거기 자라고 놔뒀어.

"삼대독자 내 동생 내놔라!"

엄마는 느그 중간 이모할매[둘째 언니] 집에 양식 얻으러 간다 하더라꼬.

"야야(얘야), 이래서 안 될따(되겠다). 이쪽저쪽 다 길 막혀서 가도 오도 몬하니까 거 가서 내가 보쌀(보리쌀)이라도 쪼매 얻어 오께. 쌀 이거 가지고 얼매나 묵노."

우리 보리가 한 봉태기(소쿠리)가 있었어.

"엄마, 보리 저거 찍어서(찧어서) 무면 앤 되나. 그냥 있어라."

"하이고 야야, 방앗간에도 저칠(저렇게 많이) 사람 있고 하는데 보리를 어예(어떻게) 찍노?"

그때는 마카(모두) 디딜방아 있제? 거 [보리를] 찍어서 껍디(껍데기)를 뱃겨서 밥을 해 묵었다. 난리판에 보리 한 봉태기 있어도 그거 찍어서 물 정신머리도 없었다.

엄마가 "니는 [집에] 있어라." 하고 양식 얻으러 간다꼬 가고, 내가 바아(방에) 누벘다(누웠다). 그래 이 새끼들[인민군]이 오는 거야! 돌아오는 거야. 저쪽으로 길이 텄으면(트였으면) 저쪽으로 갈 낀데, 아군[국군]들이 큰길로, 저쪽버텀(부터) 머여(먼저) 왔는 거야. 그쪼로(그쪽으로) 못 가니까 인민군이 이쪼로(이쪽으로) 뒤돌아 왔는 거야.

[부상병] 미고(메고) 갔던 사람들이 없으니까[달아났으니까] 즈그도 악이 딱 받혔는 거야. 오디만(오더니만) "간나새끼!" 하면서, 동생 찾아내라 하더라꼬. 우리가 마당이 널렀다니까(넓었다니까). [동생이 숨어 있는 광] 잩(곁)에 오면 숨소리 듣긴다니까(들린다니까). 밤에 못 자놓이 코를 기리고

(골면서) 자더라꼬.

그래 이 새끼들 들오는 거 보고, 내가 쫓아[달려] 나갔다. 대문 앞에 나갔다.

"무슨 소리 이런 소리 하노! 당신들이 델고 갔잖아. 내 동생 내놔라. 삼대독자 외디(외동이)다. 그거 없으면 우리 혈손*도 끊어지고 노부모는 어떻게 하노!"

[인민군들이] 느그 할아버지[남편] 군대 간 줄 알았으면 내가 그때 죽었어. 군인 가족인 줄은 몰랐지. 군인 가족, 면장, 이런 집안은 그놈들이 알면 그냥 안 놔둔다. 어차피 이래도 죽고 저래도 죽고 뭐. 이놈들이 동생 달러가뿌고(달아나버리고) 없다 하는데, 내가 도로 내 동생 찾아내라꼬 막 그랬다.

"개새끼들! 감자국 끼래(끓여)가지고 배지**가 터지도록 밥해 처믹여(처먹여) 놨디! 내 동생 우옜노(어떻게 했느냐)? 내 동생 내놔라!"

이놈들이 또 엄마는 어디 갔냐고 묻데.

"동생 찾아간다고 갔다. 울고불고 갔다. 그거 없으면 우리가 피란하면 뭐하고, 살면 뭐 하노. 대도 못 세울 판인데. 무슨 소리 이런 소리 하노! 내 동생 찾아내라!"

엄마가 없기를 잘했지. 그래 이놈들이 "거짓말하지 마라!

* 혈통을 이어 가는 자손.

** '배'를 속되게 이르는 말.

간나새끼 죽인다!" 하면서 내 멕살가지(멱살)를 쥐고 가더라꼬. 나도 마 지 멱살로 들었다. 겁나는 게 없더라. 느그 할매[본인]가 이상하지.

느그 큰아버지[첫째 아들]가 있으니까, 그거만 살면 이 집[시댁]에는 씨대(씨를 이을 사람)가 있는 거 아이가. 근데 느그 덕암 할배[남동생]는 그때 총각이니까, 죽어뿌면 대가 영 끊기는 기라. 우리 집 대는 끊기는 거야. 내가 죽더라도 저거는 살려야 된다, 그래 생각했지.

근데 동생이 잠 깨서 뭔 일인공 싶어서 그양 나오면 안 되잖아. 그 사람들 있을 직(적)에 나오면 큰일 나잖아. 그래서 내가 괌(고함)을 마 더 크게 지댔다(질렀다). 그 사람들 왔다는 거를 알어라꼬. 몬 나오게 할라꼬 내가 더 소리를 크게 내서, 동생 찾아내라꼬 괌을 괌을 질렀다니까.

그래놨디 "이 간나새끼가!" 하면서 날 죽인다꼬, 총살 시킨다고 끄직고(끌고) 나와가지고, 우리 사랑방 앞에, 고 대추남기(대추나무) 하나 있어. 고 날 갖다 딱 서우더라꼬(세우더라고). 서아놓고 지가 총을, 총살(총알)을 이래 해서 털커덕 하더라꼬.

털커덕거리니까 같이 왔는 놈들이 밖에서 "동무! 동무!" 하면서 부르더라꼬. 그놈이 "왜?" 그라니까 "빨리 나와!" 하는 거야. 그래 총소리 나면 즈그도 다 죽는 거야. 아군이 동네를 둘러싸고 있으니까 총소리 나면 여 그놈들 있구나 하면서 일로(이리로) 다 올 거 아이가. 즈그도 숨어서 달러가야 되는 판이거든.

느그 할매[본인] 죽을 운이 아이든가 봐. 그래가지고 그놈이 "간나새끼!" 하면서 날로(나를) 콱 쥐박아가지고 이래 처박아뿌더라.

쓰러졌지. 죽었는 줄 알았어, 내가. 속정신*을 가마(가만히) 채려서 생각하니까, '이게 죽었는갑다' 생각하고 있었지. 그래 있었지.

그때 우리 마다아(마당에) 피란 왔는 사람들 이십 명도 더 됐지. 그래 우리 집에 한테(같이) 있어도 아무도 동생 여 안 왔다꼬, 그러지 마라꼬 하나 말하는 사람이 없더라. 내가 그래 끄지께(끌려) 나가도 마카 겁이 나서 벌벌벌벌 떨고. 미군 같으면 또 우리 편이니까 아이다 해볼 낀데, 적군이니까 마카 겁이 나서 아무도 날로 따라오지도 안 해. 마카 벌벌 떨고 앤 보고 있었는 거야.

그래 날로 처박아뿌고 그 사람들[인민군]이 날러뿌고(도망가버리고) 나니까, [마당에 와 있던 피란민들이] 날로 깨바서(깨워서) 물로 떠 믹이고 일받아서(일으켜서) 바아(방에) 델따 놨더라꼬.

아효, 그 사람들[피란민]도 내가 죽었는 줄 알았단다. 나도

* 정신을 잃었다가 어렴풋이 차리는 정신.

내가 살았는 줄 모르고 이래 눈을 떠서 봤다.

"총소리 났나? 내가 살았나?"

"살았다! 어디메 그런 용기가 있었노?"

죽을 판이 되니까 아무것도 겁나는 게 없더라. 나는 죽어도 내 동생으는 살려야 엄마 뒤를 잇는다는 고 생각만 했다 내가. 나는 죽기는 죽는 줄로 생각했거든. 내가 죽어도 이쪽에서[집 밖에서] 죽으면 저놈들이 날로 죽여놓고는 그양 갈 거니까, 저거[동생]는 살 거니까, 그 생각을 했다.

"하이고, 세상 난리판에 죽인다고 끄직게 가는 사람이 무슨 놈에 그런 생각이 났노?"

"속생각이 그랬다. 나도 그래 죽었는 줄 알았다."

"와, 가당찮다[대단하다]. 어디메 그런 용기가 있었노?"

그래서 쫌 있으니까 저녁답(저녁때) 전에, 오새(요새) 시간으로 하면 한 세 시나 네 시나 되니까 아군들이 동네에 닥치더라고. 하이고 이제는 살었다 싶으더라꼬. 인자(이제) 죽어도 아군 손에 죽지 적군 손에는 안 죽겠구나 싶으더라.

5

신랑이 겪은 전쟁

여덟 달, 아홉 달 만에 손수로 썼는 편지가 한 장 왔는데,
내 말은 한마디도 없더라꼬. 엄마 안부만 해가지고,
아들은 잘 있나, 그래 편지가 왔더라. 편지를 받고 보니까
더 괘씸하고, 눈물이 나는 거야.
그래서 내가 편지를 썼는데, 내 앞으로 한 장 쓰고, 엄마
앞으로 한 장 써서 보냈더라. 살아 있어줘서 고맙다,
하면서 편지를 썼데.

일곱 달 만에 온 편지

그래 있다가, 느그 할배[남편] 군대 간 지 일곱 달 만에, 일곱 달 만에 대장 편지가 한 장 왔더라꼬. 대장 편지. 그것도 믿을 수도 없는 거야. 대장이 장부[병사 명단]만 보고, 장부를 보고 이름 얹혀 있으니까 그 사람은 살았다 하는 편지를 집에로 보내고 그런 거지.

그때는 언제 죽었는지도 모르게 마이 죽었어. 군인들 말고도 마이 죽었지. 지뢰도 밟아서 죽고, 불타는 포 있제? 포알, 포탄 그것도 풀밭에 널쪄(떨어져) 있는 거 모르고 산에 갔다가 밟아서 터지고. 그게 머시[안전핀]만 앤 빠지면 앤 터지는데, 어예(어떻게) 잘못 밟어서 퓨즈[안전핀을 말함]가 빠지면 터지는갑데[수류탄을 말하는 듯]. 그래서 산에 나무하러 가도 곱게(살살) 댕기야 되는 거야. 참 마이 죽었다.

[나: 편지 내용은 뭔데요?] 내용은 '잘 있으니까 걱정 마라'. 중대장이 편지를 써서 보냈데. [남편이 살아 있다는 말이] 헛소린동 참소린동 모르겠더라. 그래도 애(안) 왔는 카머[것

보다] 좀 낫더라. 느그 할배 글 알겠다, 자기 손으로 편지 한 장 써 보내면 될 낀데 그거 할 여가도 없나 싶기도 하고. [살아 있다는 게] 진담인동 농담인동 모르고 그래 있었다.

대장 편지 머여(먼저) 오고, 한두 달 지내고 나니까 느그 할아버지 손수로 썼는 편지가 한 장 왔더라꼬. 엄마자테(한테), 자기 엄마자테 편지를 써서 보냈어.

느그 할아버지 내제(나중에) 휴가 와서 그라더라고. 나는 있는 줄로 생각 안 했다[죽은 줄 알았다], 이란다, 낸장(젠장). 자기 엄마도 죽었는지 살았는지 모르니까 그래 편지나 한 장 해보자 싶어가지고 그래 편지를 했댄다.

여덟 달, 아홉 달 만에 손수로 썼는 편지가 한 장 왔는데, 내 말은 한마디도 없더라꼬. 엄마 안부만 해가지고, 아(아이)들은 잘 있나, 그래 편지가 왔더라. 편지를 받고 보니까 더 괘씸하고, 눈물이 나는 거야.

그래서 내가 편지를 썼는데, [그다음 편지에는] 내 앞으로 한 장 쓰고, 엄마 앞으로 한 장 써서 보냈더라. 살아 있어줘서 고맙다, 하면서 편지를 썼데.

그때는 편지 깝데기는 국문을 쓰면 안 돼. 한문을 써야 돼. 한문을 써서 대대, 중대, 소대, 마카(전부) 거쳐 왔는 주소대로 적어 보내야 돼. 그라니까 편지 안에 사연은 내가 써도, 편지 깝데기는 또 한문 아는 사람인데(한테) 가 써야 되는 거야. 내가 모르니까.

편지를 받어도 한문으로는 자기[남편] 이름자도 모르니까, 자기가 했는 건지 어야는지(어쨌는지) 모르겠고 그런 거야. 그래 가지고 첩때(처음에) 느그 할배 손수로 썼는 편지를 한 장 받아도 못 미덥더라고. 글씨는 보니까 [남편] 자필인 거 같애도, 참말인동 잘 모르겠더라고. 그래 내가 답을 써가지고 보냈디만 그직세(그제서야) 내 앞으로 편지를 한 장 쓰고, 엄마 앞으로 한 장 쓰고 그래 왔더라꼬.

느그 할아버지 글씨는 참 보기가 좋다. 내가 봐도 느그 할아버지 글씨는 다 알아볼 수 있다. 느그 할아버지도 내 글씨는 알아보지. 군대 있을 때 내가 편지를 써서 보내놓으면, 무슨 사연 했는공 친구들이 막 보자 칸단다.

“보자 보자. 느그 마누라 머라꼬 했노? 보자 보자.”

“봐도 느그는 모른다.”

내가 초시(초서)로 써서 보내놓으면 느그 할아버지밖에 모르는 거야. 느그 할배가 이래 비주면(보여주면) 그 사람들이 그칸단다.

“대관절 말이 무슨 말인지 알 수가 없다. 어든(어느) 학교 나왔노?”

“울 마누라는 학교도 안 나왔다. 글씨도 자기 혼자서 배워서 내만 알아본다.”

“야, 이 글씨를 어떻게 알아보노? 글씨 좀 똑바로 써서 보내라 해라.”

이라더란다. 내가 배운 기 그런 거를 어떡해. 나제(나중에) 느그 할배 그랬다 해서, 그래 재밌다꼬 윘고(웃고) 그랬지.

신랑 찾으러 무작정 포항으로

편지도 한 장 일곱 달로 걸려서 왔제, 살아 있는강 얼굴 한번 보면 얼매나 좋겠노, 그제? 그 먼저는 한번 느그 증조모[시어머니]가 장 간다고 갔어. 군인들 부대가 이래 이동한다고 차 타고 가는데 웬 군인이 "엄마!" 하면서 손질[손을 흔드는 일]을 하더란다. 시어머니는 못 봤어. 아는 사람이, 웬 군인이 저래 손질을 하는공 싶어가지고 보고 [시어머니한테] 말로 해줬단다.

그래서 [시어머니가] 허브고 뜯고[악착같이] 차를 따라갔단다. 그래 따라가니까 대장이 탔는 차가 서우더란다(세우더란다). 근데 세워서 있으이, 뒤에 오는 차가 다 서는 거야. 이래서 차 밀려서 안 되니까 가자 하고 다부(다시) 가더란다.

"엄마, 내 앤 죽고 살았으이 집에 가소! 상회[남편 이름] 살어 있다!"

느그 할배[남편]가 그래 거서 괌(고함)을 지대메(지르면서) 손질을 하더란다. 얼굴은 앤 비고(보이고), 느그 증조모도 말소리를 들으니까 아들 말소리 같은 거지. 그래 어디 가서 주둔할랑공 싶어가지고 허브고 뜯고 따라가이 마, 포항으로 삼통(줄곧) 빠져뿌렸는 거야.

그래서 느그 증조모가 소문 듣는다꼬 그날 집에 안 오셨어. 그래 누구를 만내가지고, 포항 가서 주둔한다꼬, 배 타고 저 어디로 가는데 포항 거 가 하루 잔다 하더라꼬 듣고 오셨는 거라.

느그 중간 이모할배[작은언니의 남편]도 그때 국도에 자갈 그거를 해서 길로 고룻는(고르게 하는) 부역을 했어. 자갈이 없는 데는 져다 붓고, 가예(가장자리에) 밀렸는 거는 마카(전부) 복판으로 끌어서 팬팬하이 하거든. 그래 느그 이모할배가 느그 할배를 봤다면서 말을 하더라꼬.

"동세[동서, 구술자의 남편]가 차 타고 가메 손질하더라. 포항 가서 있으이, 처제[구술자 본인] 오늘내일 거 포항에 가면은 만낼 꺼시더."

그래가지고 [포항으로] 갔다. 새벽에 나서서 안강 머시[정류장]에 가서 포항 가는 차를 타고 그래 갔다. 차 타는 게 왜 이렇게 지업은고(지겨운가) 싶었다.

거 가서 내리니까 군인들이 마이 있더라꼬. 군인들이 마이 와서 주둔하고 있으니까 임시로 사무 보는 사람이 있더라꼬. 느그 할배 이름하고 주소를 가져가가지고 거 들받았지(들이밀었지).

"그 사람들은 선발대라서 머여(먼저) 갔니더. 어제 갔니더."

"여 다 있다 하던데……. 목소리라도 한번 들어봤으면 좋겠고 얼굴이라도 함 봤으면 좋겠니더. 어야든동(어떻게든) 쫌 찾어주소. 군인들 이마이 마이 있는데 머 갔능교? 안 만내줄라고[못 만나게 하려고] 그라는 거 아잉교?"

어제 갔다 해도, 내가 마 만내게 해돌라꼬 울며불며 떼를 썼다.

"그기 아이고, 그 사람들[선발대]은 어디 가도 머여로 가가지고 자리를 잡아놔야 그래 군인들이 다 가서 먹고 할 수가 있으니까 언제든지 선발대가 앞에 가야 되니더."

"어제 머여 갔으면은 [남편] 아는 사람이라도 쫌 만내보도록 해주소. 무진(무슨) 소리든 이꺼정 와가지고 한마디 듣고 가야 되지, 이래서는 내가 돌아설 수가 없네요."

그꺼정(까지) 허브고 뜯고 갔는데 소식 하나도 듣지도 몬하니까 어야노(어떻게 하나). 그렇게라도 머시 해야지[떼를 써봐야지]. 첩때는(애초에는) 찾아줄 생각도 없더라꼬. 선발대로 머여 갔다꼬만 하고, [나보고] 집에 가라 하더라고, 그라는데 내가 앤 가고 거 앉아서 앤 있었나. 앉어 있으니까, 그래 쫌 딱했는갑지.

느그 할배도 사무 보고 있었으니까 거 대장이 느그 할배 이름은 다 아는 거야. 이름도 대지만은 생긴 모습도 어떻게 어떻게 생기고, 딸린 식구가 엄마하고 내하고 아(아이)들하고 어떻다 하는 것도 다 말했다. 소소한 사람 같으면 그래 찾아주지도 안 한단다. 그래 그 사람이 일로 절로(이리로 저리로) 전화를 하더라꼬. 무전 있잖아. 그거를 가지고 연락하디, 그래서 느그 할아버지 아는 사람이라 하면서 하나 나왔드라꼬.

"편케 잘 있으니까 걱정하지 말고 있으소. 앤 죽고 살아 있다는 것만 알고 안심하고 가 계시소. 엄마인데(한테)도 그래 전해주고 있으이소. [새 주둔지에] 가면은, 자리 잡으면은 연락할 끼시더. 내가 가서 잘 전해드리께요."

그래도 거짓말 같드라, 야야. 날 떨라꼬(떼놓으려고) 그러는 줄 알았다. 그때는 버스가 몇 시간째 있어야 오는 거야. 그래서 자기네가 날로(나를) 차 태아준다 하더라꼬. 그래도 마 걸어가다가 타지 싫어서 머시[거절]해뿟다. 그때는 하도 세월이 바리(바로) 안 잡히고 그라니까, 차 태워서 어디로 보내뿔동 그것도 내 속으로 걱정되는 거야.

그래서 걸어왔다. 새복(새벽)에 아무것도 안 묵고 그양 갔제, 입에 갈풀이 끼고 배도 고프고 글터라꼬. 그래 걸어오다 하이, 안강꺼정 와도 차가 안 오는 거야. 포항서 안강꺼정 걸어왔는 게 아까워서, 버스비 그게 아까워서 삼통 걸어왔다. [남편 만나면] 돈 쫌 주고 올 끼라꼬, 머시나 사 묵고 하라꼬 내가 돈을 쫌 빌래가지고 가주갔거든. 사람도 못 만니고 차비만 쓸라 하니까 그래 아까워서.

안강 구불암 거 올라오니까 어덥더라꼬(어둡더라고). 머여 우리 집에 와서 피란해서 갔는 사람이, "안강장 왔다가 목 마르거든 와서 물또 묵고 가고, 배고프거든 밥또 묵고 가고, 우리 집에 들오세이." 하고 집을 갈치(가르쳐)주더라꼬, 그래 그 집을 찾아 드갔는 거야.

"하이고 피란 잘 해서 살았네, 신랑은 왔나, 으옜노(어떻게 됐나)?"

"날 여 하룻밤 재(재워)줄 수 있능교?"

"아이고 하룻밤 애이라(아니라) 이틀 밤이라도 자고 가라. 내가 그 공을 언제 할꼬[그 덕을 언제 갚을까] 싶으다."

사람이 참 안면이 무섭더라, 야야. 그 집을 찾아 드가니까(들어가니까), 늘그이가 반가버가지고 날로 안고 그라더라. 부잣집이야, 그 집이. 손녀 들고 우리 집에서 자고 매칠로 있었거든.

그래가지고 자라 하면서, 콩죽을 쏘(쑤어)가지고 한 그릇 갖다주더라꼬. 그게 목에 넘어가지를 안 하는 거야. 아침버텀(부터) 굶었는데도 그게 앤 넘어가더라. 요고만큼 떠묵고 몬 뭇다.

"앤 넘어가서 몬 묵겠니더."

"그래도 무아라. 물에다 저져가지고[말아가지고] 마세라(마셔라). 집이 가지도 몬할따(못하겠다)."

오새 같으면 집에 전화라도 하제? 그때는 전화가 있나 뭐가 있노. 죽을 요만큼 똑 덜어서 물에다 저져가지고 마세라 하면서 주데. 그거를 마시고, 이튿날 아침에 새복에 먼동 틀 메(틀 때) 앤 나왔나.

느그 증조모도 집에서 걱정할 끼고, 느그 큰아버지[첫째 아들]도 걱정이 되고. 밥으는 해서 [아들을] 이붓(이웃)집에 맽기놓고 왔거든. 그 집에 아(아이)가 없어놔놓이 심심해놓이 그 집에 있지도 안 하고, 아(아이) 있는 집에 거 가 놀았어. 놀아놨디 그 집에서 밥을 줬더라꼬. 밥 묵고, 저녁 묵고 있으니까 할매[시어머니]가 데리고 가고.

느그 증조모는 미군들이 그마이 버글버글 끓는데* 새복에 나갔는 사람이 안 오고 있으니까 걱정이 되는 거야[미군들이 한국 여성들을 붙잡아서 강간하는 일이 많았다고 함]. 아들[남편]을 만내가지고 있으면 다행인데, 미군들이 그마이 허채서(곳곳에 흩어져) 있으니까 거 뽣들래갔으면 인자 다 봤다꼬[영영 못 본다고] 애로 애로 쓰고 있었어.

내가 어디 갔다는 거야 느그 이모할매[언니]자테(한테) 들기는 들었겠지. 그래 갔으이 걱정하지 말고 있으소 했겠지. 그래도 해가 빠져(져서) 어더븐데(어두운데) 안 오니까, 미군자테 뽣들래갔는강 싶으기도 하고, 아들을 만나서 애(안) 오는강 싶으기도 하고, 만나서 그때꺼정 안 올 택은(리는) 없다 싶으기도 하고, 늙은이가 혼자서 얼매나 신경을 썼는

* 끓다 : 많이 모여 우글거리다.

가 봐.

그래 집에 와놨디, 날로 뺕들고 우더라꼬.

"나는 야야, 보고도 몬 머시 했는데[말을 못 나눴는데] 니는 만났나?"

"즈그는(저는) 보지도 모했니더. 거 친한 사람이라 하면서 나와가지고 이야기는 하는 거 보니까 [시어머니가 본 그 군인이] 맞는 거 같애도 모리겠니더. 날 떨라꼬 일부러 그라는지 모르겠니더."

나제(나중에) 느그 할아버지 편지 왔는데, 포항에서 내 만낸 그 사람이 와서 이야기해주더란다.

"니 편지 금방 해라. [부인이] 내 말로 믿지를 않았는 것 같으니까. 편지 할 때, 날 만내가지고 느그 마누라 안부 들었다는 거로 말해레이. 느그 마누라 속 쓰이니까 편지 금방 해라."

그래서 내가 살어 있는 줄 알았단다. 나제 느그 할배가 할매[본인]인데 "나는 꼴짝(산골)에 처박혀서 바보인 줄 알았디, 온*바보는 아이네. 어예 그래 말할 줄 알았노?" 그라더라.

* '꽉 찬', '완전한' 따위의 뜻을 더하는 접두사.

"안 죽고 살아 있네"

가띡이나 거 참 난리판에 가 있는 사람인데(한테), 아(아이) 없어졌다[딸이 죽었다] 소리는 몬할래라(못하겠더라). 그래 안 했다. 안 하고 있었디 나중에 느그 할배[남편] 휴가 와서, 첫 휴가 오는 걸음에 알았지.

편지를 두 번인가 세 번인가 하고, 느그 할배 칠월 달에 군대 갔는데 이듬해 돌[만 1년]에, 자기 갔던 돌에 첫 휴가를 왔더라꼬. 공 이랐다꼬(이뤘다고) 특별휴가로 보름 해서 왔더라꼬.

안강에 거 가기 전에 같은 성촌[같은 성의 이웃]이라꼬 우리가 아재, 아지매라 부르는 집이 있어. 느그 증조할아버지[시아버지]하고 친한 집. 느그 할배가 그양 와도 올 낀데, 늦까 저문데(저물고 나서) 가면은 혹시라도 빨개이들 나타나까 싶어서 그 집에 가서 자고 왔단다.

이북에서 내르온 사람이 아이고 이쪽에서 생활하던 사람이 있잖아. 빨개이(빨갱이) 생활 하던 사람. 골짹(산골)이고 하니까 혹시라도 그 사람들이 만내까 싶어서, 총으는 다 미고(메고) 왔더라꼬. 응급하면 목숨 피해야 되니까, 휴가를 와도 완전무장 해서 그래 왔다니까.

집까지 오면은 어더블(어두울) 거 같아서 안강에 와가지고 그 집에 가서 자고 왔는데, 또 우리 먼 쪽 일가에 할매가 하나 있었다. 우리가 아지매라 불렀지. 근데 그 아지매가 장

가는 걸음에 느그 할배를 만났는가 봐. 느그 할배는 일로(이리로) 오고, 할매는 절로(저리로) 안강장 가고.

오다가 그 아지매를 만내서, 그래 없어졌다[딸이 죽었다] 하더란다. 그 아지매가 말로 하더란다. 오면 아(아이) 볼 끼라꼬 왔디…… 느그 할배가 그래 걸음이 안 나더란다.

그래서 낫에 왔데. 첩때(처음)는 집에 들와도 진짜 살았는강 싶은 생각이 없더라, 야야(얘야). 군인 복장을 해서 그래 들오이(들어오니) 몰랐다. 웬 군인이 저래 오는공, 그랬다. 바가치모자[바가지모자, 철모] 그거 쓰면 얼굴 잘 안 보이잖아. 바가치모자 그거 쓰고, 완전무장 해서, 총 들러미고, 배낭 짊어지고 그래 왔더라고. 길 가는 군인이 물 얻어묵으러 오는강, 그래 생각했다.

미리 편지라도 한 장 하고, 그래 언제쯤 휴가로 간다 그랬으면 알았지. 거[군대]서도 며칠 앞에 가라 소리도 안 했고, 갑자기 특별휴가라꼬 니 가라 하더란다. 그 부대 남은 사람 중에 느그 할아버지가 군대를 제일 머여 왔는 거야. 수고도 마이 했고 공 마이 이랐으니까 니 먼저 갔다 온느라 하면서 십오 일로 휴가를 주더라 하더라.

그래서 왔는데, 마당이 이래 기니까 대문 앞에 들올 때도 몰랐어. 모르고 있었는데 마당 가운데 다 와가니까 "엄마!" 그라더라꼬. 그래 누가 엄마라 하노, 싶어가지고 자세히 봤다. 멍하이 이래 봤다. 보니까 그래 낯익은 얼굴이더라꼬. 그래서 내가 나갔다.

"갑자기 어예 이래 오노?"

"안 죽고 살아 있네."

느그 할배 첫 말이 그거다. 첫마디로 "안 죽고 살아 있네." 이라데.

"우리사 살지만은 [당신이야말로] 진짜 앤 죽고 살아 오네."

느그 증조모[시어머니]는 억이 넘으니까(억장이 무너지니까) 반가버도 말도 안 나오고 눈물부터 나는갑더라고. 아들로 끌어안고 빙빙빙빙 돌더라꼬.

"니가 진짜 상회[남편 이름]가? 상회가? 니가 진짜 살아 왔나? 살아 왔나?"

그래 나는 이제 겉밖에(조금 떨어져서) 서 있으이 눈물이, 누가 때린 듯이 나더라꼬.

'구사이생' 목숨을 건지고

그때 화랑부대[남편이 입대한 부대, 한국전쟁 중이던 1950년 8월 27일 경북 영천에서 창설됐다] 갔는 사람 거의 다 죽었다. 다 죽었다 해도 과언 아이었다. 그래 느그 할아버지[남편]가 휴가 와서 "조상, 조상 하디 조상이 [돌본다는 말이] 영 거짓말은 아인갑다." 이라데.

한번 구디기[구덩이, 참호]를 요래 파놓고 드가(들어가) 있었단다. 고서 군인들이 요래 꾸꿀새서(꾸부려서) 총마 우로 내놓고, 총알이 날아와도 우로 겉지나가도록 요래 파놓고, 고 들앉아서 총 끄티[끝]만 내놓고 있었는 거야. 그래 있는데, 잠이 들었대.

잠이 들어 있으니까 느그 증조부님[시아버지]이 "집에 불 났으이 빨리 나온느라! 와 이래 있노!" 그면서 막 마라크시더란다(야단치시더란다). 그래 깜짝 깨니까 꿈이더란다.

와 이라는공 싶었디, 저짝 호(참호)에 있는 사람이 살살살살 기어서 왔더란다. 와서 "야! 니가 저쪽으로 가라. 내 여(여기) 있으께." 이라더란다. 그 사람이 느그 할배보다 지위가[계급이] 높은 거야. [계급이] 낮은 사람 같으면 왜 그라냐고 싱강(승강)을 해도 하고, 시제(각자) 있는 데 있어라 그랬을 건데, 명령에 죽고 명령에 사는 게 군인이라 하잖아. 영을 거역을 못 해서 느그 할아버지가 그쪽으로 갔단다.

발로 몇 발 정도 떨어져 있는데, 느그 할배는 총을라 들고 요래 살살 기어서 가고, 자기[상사]는 느그 할배 있던 자리에 고 금방 들앉았대.

제우(겨우) 가가지고 쪼매 자리 잡고 있으니까 "꽝!" 하더란다. "꽝!" 그래가지고 마 죽었는 줄 알았단다. 첫째[처음] 포탄이 널찌면은(떨어지면) 문지캉(먼지랑) 뭐캉 마 잩에 께(곁에 있는 게) 아무것도 안 보이거든. 가마(가만히) 엎드려 있다가, 나중에 문지 쫌 가라앉고 정신 채려서 보니까, 느그 할아버지 있던 고 근처에 포탄이 떨어졌어.

[흙먼지를] 다 덮어씨고 그랬는데, 그래도 느그 할배는 말짱해. 정신 채려서 보니까 그 사람은 죽었더래. 그 사람이 죽을 사람인 거야. 지가 고 있었으면 앤 죽았지. 느그 할아버지 고 있었으면 죽었잖아. [그 사람은] 자기가 죽을 데를 찾아온 거야. [나: 아버지가 아들을 살려주셨네요.] 그래. 그러니까 우예(어떻게) 조상이 없다 하노.

한번 또, 첫 휴가 나올 땐갑다. 첫 휴가 나올 때, 둘이가 나왔댄다. 하나는 강원도 사람이라 하든강 글코, 느그 할배하고 같이 나왔대. 그래 역에서 둘이 열차 시간 기다린다꼬 있는데, 저쪽은 열차가 댕기고, 이거는 보이 녹이 슬어가지고 [열차가] 안 댕기는 철[철로]이더란다.

저쪽에 대합실에 있으면 됐을 낀데, 거 사람도 많고 이라니까 앉아 있을 데도 없고 그랬는 거야. 열차 시간이 멀었으니까 여 쫌 있다가 가자 하면서, 철가치(철로) 그거를 비고(베고) 둘이가 누버(누워) 있었대.

누버 있다가 살 잠이 들었는가 봐. 그때도 또 느그 증조부님[시아버지]이 와셔가지고, "니 일해야 되는데 와 안 하고 이래 있노? 빨리 일나그라! 빨리 해라!" 그러면서 막 마라크시더란다.

느그 증조할아버지[시아버지]가 본대버텀(본디부터) 영이 디었어(엄했어). 마 입 떨어져가지고[지시하자마자 바로] 안 하면 안 된다. 저녁으로 또 시간 늦으면 안 되고, 밖에도 몬 나가게 하시고. 아들이라도 "공부하는 놈 집서 공부해야 되지, 나돌아 댕기면 몬 쓴다." 하면서 몬 나가게 했어.

느그 할배도 아버지 말이라 하면 설설 기는 거야. 옛날에는 연세가 그칠(그렇게) 안 많아도 짝대기[지팡이]를 만날 들고 댕기시더라고. 그래 느그 할배 꿈에 그거를 가지고, 짝대기를 가지고 막 아들로 너벅다리(넓적다리) 요 쉬시메(쑤시면서) "빨리 일해라!" 하시더란다.

깜짝 놀래가지고 깨니까, 철가치가 털컥털컥 울리더란다. 그래가지고 빼떡 일나가지고, 엉겁절에(엉겹결에) 그 사람[친구] 발목을 쥐고, 자기[남편]가 머여 내려가서 발목을 쥐고 끄직어내랐단다(끌어내렸단다). 철가치 밑에가 이래 비얄지잖아(비탈지잖아). 끄직어내루니까 찔떡 미끄러져가지고 금방 내르오더란다. 그래서 둘이 거서 엎드려 있으니까 금방 열차가 오더란다.

갑자기 그래 끄직어내랐디 그 사람은 마 정신이 없지.

"이 우예 된 택(일)이고?"

"야 인뜰아야(이 녀석아), 우리가 지금 가족 만내러 가다가 쥐도 새도 모르게 죽을 뻔했다."

그 철가치가 왜 녹이 슬었노 하면, 열차가 거 내들 안 댕기고 짐 마이 실은 화물열차 그런 거만 한 번씩 댕기는 거야.

그래 두 번을 죽을 목숨 살았다면서 "조상 있다 하는 게 거짓말이 아이더라." 이라데. 나도 참 조상이 있는갑다 생각이 되더라꼬. 죽은 조상도 그랬는데[자식을 살렸는데] 살은 조상[시어머니]도 더 챙겨야 될따(되겠다) 싶은 생각도 들더라꼬.

자기[남편]도 거[군대] 그래 있어도 언제 우예될동 모르니까 엄마가 걱정되지. 집에 동생도 없지러, 내 혼자 있으니까. 내인데(한테) 자기 조상 잘 모시고 자기 부모를 잘 챙겨돌라는 그런 속마음도 있었겠지. 내 생각에도 글터라꼬. 조상은 참 잘 챙겨야 되는구나 하는 생각이 들고, 시어머니가 또 더 불쌍하고. 아들 하나 보고, 우리 믿고 산다 싶어가지고 더 불쌍하더라. 그래 마음으로 가까이 모셨지.

6

죽어도 죽을 수 없는 삶

느그 큰아버지 얼굴이가 아롱거려서 못 죽겠더라고.
그래서 거 못둑에 앉아서 실컨 울었다. 울고, 그래가지고
다시 마음 돌래묵고, 악착같이 살아서 살아 오면
만내야지, 그래 생각하고 허브고 뜯고 왔다.
오니까 느그 큰아버지캉 느그 증조모캉 둘이 꺼머이 해서
앉았더라. "보지도 몬하고 연락도 몬하고 그래 오나?"
느그 증조할매캉 나캉 붙들고 우니까 느그 큰아버지도
따라 울고…….
"어무이요, 이래 서이 사시더. 사다 보면 끝이 있겠지요."

가난에 울고 외로움에 울고

느그 할배[남편] 군대 가기 전에는 본대(본디) 느그 증조모[시어머니]가 우리캉(랑) 한테(같이) 앤 살고 따리(따로) 계셨어. 그래 느그 할배 군대 가뿌고 첩때(처음)는 내캉 느그 큰아버지[첫째 아들]캉 둘이 있었어. 엄마가 추석 쉬러(쇠러) 간다꼬 가메 우리 집에 와서 그라더라꼬.

“니 혼자 여 꼴짝(산골)에서 아(아이) 델꼬 농사짓는다 소리도 헛소리고, 사돈하고 의논해서 사돈이 안 오실라 하거들랑 내 잘(곁)으로 온느라. 이우제(이웃에) 방을 하나 얻어주께. 내가 어예(어떻게) 해도 해가지고 니는 미개(먹여) 살릴 거니까 아(아이) 데리고 온느라.”

느그 덕암 할배[남동생]는 장가도 안 갔으이 한테 살아도 되고, 아이면 방을 하나 얻어주꾸마 하더라꼬. 그래도 내 생각하기로, 내 다섯 살 물 때부터 아버지 돌아가시고 내 클 때도 엄마가 그마이 고생하고 키았는데, 인자(이제) 성인 돼도 또 엄마인테 가서 어예 사노 싶더라꼬.

내가 그래 가뿌면 느그 증조모님 혼차 또 여기 있어도 그것도 안 될 끼고. 큰아들[남편] 군대 가서 소식도 없제, 작은 아들[시동생] 흔적 없이 일거뿌랐제(잃어버렸지), 무슨 낙으로 살겠노 싶었는 거지.

그래 내가 느그 증조모님한테 아(아이) 업고 갔다. 가가지고 오시라 하니까, 올라 하시더라꼬. "이래서는 안 될따(되겠다). 걱정을 해도 같이 하고, 굶어죽든 묵고 죽든 한테 와야 될따." 그래가지고 오셨더라고.

인자(이제) 느그 큰아버지하고 느그 증조모님하고 내하고 서이(셋이) 묵고살아야 앤 되나. 느그 증조모님은 곱게 커가지고 예전에는 미영(면화) 자질(자을) 줄도 몰랐어, 바느질 같은 거는 하고, 질쌈(길쌈) 하는 거는 몰라. 어문(언문) 글은 쓰고. 당최 일로 안 해봐서 일이 지고 무른 것도[일을 어떻게 해야 하는지도] 모르고 질쌈도 못해.

내가 엄마 질쌈 하는 거를 봤으니까 내가 쪼매 배워서 그래 내 손으로 짜서 옷을 해 입고, 좀 자아(장에) 내서 양식도 팔아 먹고[사 먹고] 그래 묵고살아야 되는 거야.

근데 재료가 없는 거야, 우리는. 미영 밭도 없으니까. 그러니까 나무(남의) 거를 갖다가 두 필내기[옷감 두 필을 짤 만큼의 재료]를 가주오면, 베로 짜서 한 필은 그 집 주고 한 필은 우리가 하는 거야. 느그 증조모님은 미영 잣고, 내가 그거를 갖다 베로 짜고 그랬다.

느그 할아버지 죽었는동 살았는동 몰래도 언제 살아와도 와서 입어야 된다 싶어가지고, 느그 할아버지 미영 바지저고리, 명주 바지저고리 내가 다 씪고 꾸매가지고 차곡차곡 여(넣어)놓고…….

그래 질쌈 해서 아(아이) 하나 델고 할매[시어머니]캉 묵고 살고 했다. 느그 증조모님캉 둘이 댕기메, 내들(항상) 산에 가 나물 뜯고, 농사지을 때 되면 풀또 비고(베고) 나무도 하고. 변솟물도 쳐야[똥물을 퍼서 논밭에 뿌려야] 되지, 일이 너무 많은 거야.

죽으려고 꿩약을 먹다

느그 큰아버지[첫째 아들] 앞에 가고, 느그 작은고모[셋째 딸] 저래 있제, 내가 어예(어떻게) 살 마음이 나겠노?[첫째 아들은 2013년 먼저 세상을 떠났고, 셋째 딸은 치매로 요양병원에 있다] 내가 느그자테(한테) 이야기를 다 못해서 글치……. 그래도 사람이 죽는다고 해가지고, 그것도 지 마음대로 되는 게 아인(아닌) 거야. 자살하는 사람들도 다 죽어라 하는 머시[운명]가 있어서 죽는 거 같더라꼬.

육이오사변 나고, 느그 할아버지[남편] 첩때(처음에) 군대 가뿌고, 하도 사는 기 너무 힘들고 사는 이유가 없어가지고 내가 죽을라 했다. 느그 할아버지 집에 있을 때 꽁(꿩) 잡던

약이, 꽁약이라꼬 약이 있어.

[나: 그걸 꿩이 먹으면 죽어요?] 꽁 무면 죽는다. 양잿물 덩어리 같은 게, 한 덩거리(덩어리) 사서 깨가지고 이만큼씩 농갈라(나눠) 놓는 거야. 그래서 까치밥(찔레꽃 열매) 땄다가 열매고 파뿌고 뚫어서, 고(거기)다 약을 옇고(넣고) 초로 갖다 요래 구영(구멍)을 때우고 그래 어데 갖다놓고 그라거든.

그래 꽁 잡아다 묵던 약이 요마이 있더라꼬. 그거를 온덩거리 그양은 앤 넘어갈 거 같아서, 그거를 깨가지고 두 덩거리로 만들어서 내가 먹었어. 저녁밥 먹고 밤에 먹었지.

먹고, 느그 큰아버지를 안고 실큰(실컷) 울었지.

"내가 죽더라도 니는 어야든동(어떻게든) 커서 이 집 씨도 이수코(잇고) 잘 살어레이."

느그 큰아버지가 불쌍해서 이래 안고 우다가(울다가), 약을 더 묵고 죽는다꼬 더 묵었어. 느그 증조할매[시어머니]는 저녁 잡숫고 사랑방에 계시고. 나는 큰방에서 느그 큰아버지를 안고, 이거 불쌍해서 어떻게 할까, 이래 울고 있었는 거야.

약 묵고 죽는 것도 그기 마음대로 되는 기 아이더라꼬. 갑자기 배가, 창자가 뒤틀리디만은 그냥 왈칵 우로 올라오더라꼬. 입으로 다 토했지. 느그 큰아버지를 여 팔 비캐서(팔베개를 해서) 안고 누벘는데, [토사물을] 느그 큰아버지한테 다 덮어씨왔지.

하이고야 내 죽을라 하다가 아(아이) 죽일따(죽이겠다) 싶었지. 어지럽기도 어지럽고 정신이 없더라꼬. 그래도 아(아이) 앤 죽일라꼬 일났는데, 일나이 또 올러오고, 일나이 또 올러오고.

그래서 다 토하고 나서 아버텀(아이부터) 딲아내고, 물로 떠다 씻겨서 딲아서 이쪽으로 내놨어. 옷도 다 배맀지, 다 벗기고, 나도 요 옷 다 배리고. 바아(방에) 여 한강이 됐는 거야. 그래가지고 걸레를 맻낱을(몇 개를) 빨아가 [훔쳐서] 요강에 담아서 내놓고.

이틀(이튿날) 아직(아침)에 밥을 못했다. 입안에도 여 다 부리키고(부르트고), 속이 시렵고 따갑고 못 전디겠더라고(견디겠더라고). 아침을 안 하고 누워 있으니까 느즈 증조모님이 오셔서 깜짝 놀라지.

"야야 니 와 이러노, 와 이러노?"

"몰라요. 쫌 아프니더."

아(아이)는 마카(전부) 씪고 딲고 옷 갈아입히고 해놨지, 어젯밤에 느그 큰아버지 울고 이래도 사랑채하고 큰방하고 마이 떨어져 있으이 느그 증조모님은 몰라. 전부 걸레캉 뭐캉 댓말아서(다 뭉쳐서) 요강에 내놓고 해놨디. 약 문 줄은 모르지. 내가 앤 그랬으이 모르지. 그냥 토사* 만낸 줄 아시

* 위로는 토하고 아래로는 설사함.

는 거야.

"알로(아래로) 안 싸고 우로 토했구나. 니가 뭐 잘못 무았는갑다(먹었나 보다)."

그래서 일나가 흰죽을 멀거이(멀겋게) 쑤어서 주시더라. 묵으이 또 올러오고, 묵으이 또 올러오고. 그래 그날 종드르(종일) 누워 있었다. 있다가 차춤차춤 흰죽 물을 쪼매끄슥(조금씩) 마시고.

그때 내가 위를 다 배려서 위병이 났다. 나가지고, 좀 매운 것도 무면 속이 시리고 따갑고, 인자(이자) 마이 좋아졌는 거다. 젊을 때 내(늘) 위병 앓아가지고, 자다가도 아프고 자다가도 아프고. 병을 만들어서 그래 아팠다.

저녁 잘 묵고 잔다꼬 누벘다가도(누웠다가도) 모(못) 전디면 일나고. 그라면 느그 할배 이래 좀 쓰담어(쓰다듬어)주고. 잩(곁)에 누버가지고 죽는다 하니까 그냥 놔둘 수도 없지. 느그 할배도 보기보다 좀 미련했다. 저간(여간) 아프다 하는 거는 못 들은 양하고 그냥 있다. 마이 아파서 떼굴떼굴 구불면(구르면) 좀 쓰담어주고 그라더라.

[나: 요즘 같으면 병원 가서 위세척도 하고 치료도 받았을 텐데요.] 금방 치료했으면 금방 낫지. 다 쉬어내고. 그게[쥐약이] 거서[위장에서] 다 녹았으면 죽었지. 근데 유리 쪼가리같이, 반도 앤 녹고 그양 티나왔더라꼬. 그러이 살았는 거야.

두 번이나 죽을라고 시도를 해도 못 죽겠더라.[이후에 한

번 더 자살을 시도함] 앤 죽더라, 야야(얘야). 못 죽더라. 죽지를 안 하더라. 사는 게 하도 괴롭고 너무 세상이 귀찮고 해서 죽을라 했디만, 죽는 것도 마음대로 몬 죽는갑다 싶으더라꼬. 죽는 것도 다, 약 먹고 죽는 거, 목매 죽는 거, 자살하는 것들 다 귀신이 델고 가야 갈 수 있는가 봐.

"며느리부터 머여 죽도록 만들랑교?"

그때 또 느그 증조모님[시어머니]이 독감을 알거(앓아) 가지고 얼매나 아팠는 거야. 오새(요새)는 독감이라 하제? 옛날에는 유행감기라 그랬어. 걸래면(걸리면) 너무 독하게 앓기 때문에 잘 못 살았어. 느그 증조모님도 알거 누워서, 할 소리 안 할 소리 자꾸 주깨고(말하고) 이라더라고[병 때문에 횡설수설했다는 뜻].

어느 집에 유행감기 걸랬다 하면 사람들도 안 오는 거야. 사람들이 다 피하는 거야. 병 옮길까 봐 그 집 사람캉(이랑) 말도 잘 안 하고. 한 우물에 물도 잘 안 묵고 가랑물(도랑물) 떠다 묵고 그랬다니까.

그래 느그 증조모님 아파가지고 내가 동서팔방 삼십 리를 걸어댕기메(걸어다니며) 약을 지아다가, 달여서 드리고 그랬다.

느그 증조모님이 누버 계시니까 일을 할 사람이 있나. 논

두 마지기 농사짓는 거 그거 봄이니까 풀도 뜯어야 되지러, 나무도 해 때야 되지러, 풀도 비야(베어야) 되지러, 시어머니는 저래 아프지러 너무 힘든 거야. 살고 말고 뭐, 콧물 반 눈물 반 그래 사는 거지.

한 이십 일 고생하시고는 쪼매(조금) 낫더라꼬. 그래서 느그 증조모님 혼차(혼자) 놔두고, 잡술 거 마카(전부) 머리맡에 해다 놓고 건천[경북 경주시 건천읍]꺼지 가서 약을 지어서 왔다. 약을 지어서 오니까, 아픈 시어머니가 우리 집 앞에 못에 거 가서 머리도 감고 발도 씪고 그랬다는 거야. 그래서 또 더 아팠잖아.

그래서 내가 속이 얼매나 상하는지, 느그 증조모인데(한테) 다짐 받았다.

"오고 가고 팔십 리를 걸어갔다가 걸어왔다가 약 지어갖고, 내가 어머님 살릴라꼬 이라능교, 죽일라꼬 이라능교? 아들도 없는데 매늘(며느리) 하나 있는 거 매늘부터 머여(먼저) 죽도록 만들랑교?"

그때는 동네 사람들 다 느그 할아버지 돌아가신 줄만 알았지, 살았다고 생각 안 했거든. 화랑부대 가가지고 다 죽었다 그랬거든. 전 부대 사람이 다 죽었다꼬 소문이 났다니까.

"아들도 죽은동 산동 모르는데 저도 없으면 좋겠능교?"

"야야(얘야), 잘몬했다. 내가 하다(하도) 속이 답답어서 그랬다."

그래 약 지어서 왔는 거를 약탕관*에 딸기면(달이면) 오래 딸겨야 되잖아. 마 솥에다 그양 붓고 불로 때서 삶아서 갖다 떠다 드렸다. 두 첩을 한테(한데) 넣어서 삶아가지고, 한 대지비(대접)로 떠다 드렸다.

그전에 잩에(근처에) 있는 약국에 약을 지아 와도 소험(효험)이 없더라꼬. 저 건천에 대추밭약국[대추밭백한의원]이라꼬, 경주 거 있잖아. 대추밭약국 거 물어물어 찾아가가지고 그래 지어 왔거든.

돈은 있나? 돈도 없어서, 독감을 유행감기라 해서 딴 집에는 내가 오는 거를 꺼리거든. 따문에 작은집 할배자테(한테), 느그 제사 지내는 그 할배[기록자의 아버지를 양자로 들인 분, 구술자에겐 시삼촌]자테 갔다. 근데 거(거기)도 뭐 집에 돈이 있나? 없으면 딴 데 빌려서라도 주면 다음에 갚을 거니까, 쪼매 빌려다 돌라꼬 했다. 그래서 거 가서 돈을 받아가지고 갔지.

그래도 할아버지[시삼촌]도 그때는 그칠은(그렇게는) 연세도 많지도 안 했다꼬. 그래도 "질불라(질부**는) 마 집에 있어라. 내가 약 지아 오꾸마(지어 오마)." 소리를 안 하시더라꼬. 나는 속으로 작은집 할배[시삼촌]가 좀 지어다 거[작은집] 놔

* 탕약을 달이는 데 쓰는 질그릇.

** 조카의 아내를 이르거나 부르는 말.

두면 내가 가져와서 시어머니 딸래드리면 된다꼬 생각을 해 봤거든, 그랬디 앤 가시더라꼬.

그래서 차가 있나 뭐가 있노, 삼통(줄곧) 걸어서 재로 두나(두 개를) 넘어서, 그래서 약을 지어 왔는데, 오니까 시어머니가 못에 가서 머리 감고 발 쉬고 더 아파서 있으이 얼매나 속이 상하겠노?

그래 그 약을 딸래드렸디, 아이고야 한 번 잡숫고, 안 나부대고* 마 쫌 낫더라꼬. 내(늘) 속 답답어서 옷을 버져제끼고, 이불 덮어드리면 차댕겨뿌고(발로 차버리고), 속 답답어서 그랬거든? 근데 마 그거 잡숫고는 그양 누벘더라꼬. 그 영감[약사]이, 그만큼 약 잘 쓰는 사람이 없었어.

그래가 한 첩 잡숫고 그양 이불을 덮고 누웠데. 저녁 묵고 잘 때 또 갖다 디랬디(드렸더니) 잡숫고 그래 가마(가만히) 있데. 고 다 잡숫고는 일어나서 미염(미음)도 쫌 잡숫고 하더라고.

약 지러 갔을 때 그 영감[약사]이, 이거 잡숫고 소험이 없으면은 약을 두 번 지러 오지 말고, 쫌 소험이 있거들라 한 번 더 오라 하더라꼬. 그래가 좀 나스니까(나으니까) 내가 더 갔다. 그 영감[약사] 마이도 안 지어준다. 딱 세 첩 줘. 첩때(처음) 세 첩 지어주디, 나중 가도 세 첩을 더 주더라고.

* 얌전히 있지 못하고 철없이 촐랑거리다.

그래 세 첩 지어주는 거 그거 가와 가지고 잡숫고는 괜찮더라고. 인자(이제) 화도 안 내고, 그양 이불 덮고 누웠고. 미염도 쪼금씩 잡숫고 그래 병을 나샀다(낫게 했다).

계상양반을 혼내주다

그란데 그 앞집에 영감재이(영감쟁이)가 하나 살았어. 우리 집이 요쪽에 있으면 바로 집 앞에 한 집 있었어. 느그 할배[남편] 외족*으로 어예(어떻게) 된다 하면서, 어머님[시어머니]이 아재라 부르더라꼬.

느그 증조모님[시어머니] 독감 걸려서 편찮을 때, 그 영감재이가 달랑달랑 오더라꼬. 느그 증조모님 인제(이제) 제와(겨우) 앉아서 이래 있으이, 영감재이 머라 하는지 아나?

"일났나(일어났나)?"

"예, 아잰교(아재인가요)?"

"이래서 어야노(어떡하나)? 화랑부대[남편이 입대한 부대] 저 전라도서 다 죽었단다."

말이 되나? 병문안 왔다는 사람이 그래서야 되나? 이 어른[시어머니]은 아프골랑(아프고 나서는) 아무 세상 일로 모르잖아, 지금. 하나도 모르거든. 화랑부대가 어디 가 죽었는

* 어머니 쪽의 일가.

지 살았는지, 이런 소리 귀에 안 드가이(들어가니) 모르잖아. 다른 사람들은 그래도 바로 말해주지는 않거든? 근데 고 영감재이가 와서 그라는 거야.

내가 부엌에서 저녁을 하다가, 마 그 소리 듣고 나왔다. 느그 증조모캉마(증조모랑만) 아재고 그랬지, 나는 아이거든? 영감재이 택호가 계상양반이다. 그래 내가 그랬다.

"계상양반요, 왜 오셔서 그런 이야기 하능교?"

그 영감재이는 딴 사람들보고 "예." 할 줄을 몰라. "와?" 이라데.

"'와?'가 먼교(뭡니까)? 가뜩이나 편찮아가지고 다 죽어가는 어른보고 와가지고 인사한다는 기, 고작 그건교? 그래 아들이 다 죽고 없으면 이 어른이 살아날 수가 있겠능교? 어데 말로 그따우로 하능교?"

어찌나 화가 나는지 말이 바리(바로) 안 나오더라.

"당장 가소! 그런 소리 할라 하거든 가소. 죽었는지 살았는지 어예 아능교? 그칠(그렇게 잘) 아능교?"

"다 죽었다더라."

"다 죽어도 사는 사람은 살고 죽을 사람은 죽지, 그런 소리 하지 마소!"

콧물 반 눈물 반 그래 사는데, [남편 또는 아들이] 살아 있다는 희망으로 걸고, 지금 못 죽어 살고 있는 사람들보고 어디 와서 그런 소릴라 하노, 그제?

"내제(나중에) 살아 오면 어얄랑교(어쩔 겁니까)? 살아 오면 책임지세이! 내가 그때는 멕살(멱살) 들고 귀때기 때릴 거시더(겁니다)! 아재비면 아재비 값을 하소. 병 들어가지고 다 죽어가는 사람보고, 그래 머시를 하는 기[아들 죽었다 말하는 게] 어딨능교? 막말로 그래 하노? 그런 소리 할라면 아예 오지 마소!"

그래 내가 퍼버(퍼부어)놨디, 영감재이가 막 어이가 없는 갑더라꼬. 그 영감재이가 날로(나를) 만날 양반이라 했거든. 양반이 어딨노? 성나니까 양반이 어딨노?

그래 내제 느그 할배 살아 오이, 쫌 미안한갑더라. 그래 싸움을 하고, 그해 여름을 넘겼잖아.

물에 비친 아들 얼굴 때문에

이듬해 봄엔가, 사월 달인가 멫 월 달인가 몰따(모르겠다). 화랑부대[남편이 입대한 부대] 이동한다꼬 경주에 와 있다는 소문이 돌았는 거야. 내캉(나랑) 친한 사람들이 그래사터라고(그리 말하더라고).

"경주에 군인들이 마이 와 있단다. 혹시라도 상회[남편 이름] 왔는강 함(한번) 가보면 앤 좋을라(좋겠느냐)? 거 가면 소문이라도 들을 끼다."

그래가지고 "어무이[시어머니]요, 가보끼요(가볼까요)?" 하니까, "그래, 가봐라. 혹시라도 왔는강." 이라시더라고. 그래서 벨로(베를) 짜다가 놔두고 갔다. 엄마하고 덕암 느그 할배[남동생]하고 경주에, 거 현곡에 살고 있었다니까. 재로 두 낮을(두 개를) 넘어서 느그 덕암 할배 집으로 갔다.

엄마가 "니가 와 오노? 우예 왔노?" 그라시더라꼬. 그래서 "경주에 군인들 마이 왔다꼬, 어머님이 행여나 아들 왔는강 가보라 해서 왔다." 그랬지. 근데 엄마가 고마(그만) 못 가게 붙드는 거야.

"최 서방[남편] 거 왔으면, 글 알겠다, 지 손으로 다믄(하다 못해) 글 한 자라도 적어가지고 보내지, 안 그럴까 봐? 집에 가서 가마(가만히) 있어라. 지금 미군들이 경주에 버글버글 끓어서 여자들 자아도(장에도) 몬 간다. 여자들은 마카 끄직고(끌고) 간단다."

[나: 미군들이요?] 미군들이 처음 나와서는 그랬는 거야. [나: 젊은 여자들을 보면요?] 미군들랑 한국 사람 젊고 늙고 그것도 몰래(몰라). 첩때(처음) 우리도 보이, 미국 사람 마카(전부) 한가지 같더라고. 젊고 늙고 그것도 모르겠고 마카 무섭고 일터라꼬. 자기네들도 여 여자들이 좀 늙고 젊고 그거를 생각 없이 마카 여자로 보이고 그랬는갑더라. 그래 붙잡혀 가가지고 강탈[강간]로 당코(당하고) 그런 사람이 많앴다니까.

그때 우리나라 사람들이 하도 물 게 없잖아. 미군들은 과

자 같은 거, 초고레또(초콜릿) 같은 거, 깡통[통조림] 같은 거 그런 거로 마이 갖다 묵고, 이래 불쌍한 사람들이 좀 돌라 하면 주고 이래 했거든. 거 쪼매 밥이라도 얻어묵고, 돈이라도 얻어 쓰고, 일이라도 좀 하까 싶어서 미군들자테(한테) 붙어서 그라는 사람들이 많았는 거야.

미군들으는 전부 자기네들 거 [본국에서] 갖다 먹었거든. 우리나라는 그 사람들 미갤(먹일) 것도 없었어. 군량미 준비된 것도 없지러, 갑자기 그 새끼들[인민군]이 밀고 내려왔는 거야. 우리는 준비 하나또 없었지. 마카 피란도, 은행 가서 돈 찾아서 피란 올 여가가 어디 있노? 마 맨주먹으로 나온 사람이 많은 거야. 배가 고파가지고 이래저래 얻어먹고 그래 했는 사람 많다꼬.

그래 가지고 엄마가 "미군들 따문에 몬 간다. 집에 가 가마 있어라. 최 서방 앤 죽었다. 언제 와도 살아 올 거니까 잠자코 집에 가서 있어라." 그라더라꼬.

그래서 이자(이제) 집으로 오메 가마 생각하니까, 엄마는 경주에 가지도 몬하구로 하제, 아(아이)도 키우다 없애뿌렀제[죽어버렸지], 느그 할배[남편] 군대 가서 소식도 없제, 살 마음이 없더라, 야야(애야). 그래가지고 오다가 옹당못(작은 못) 물이 새파랗데, 그래서 내가 저 빠져 죽어야 될따, 싶으더라꼬.

빠져 죽을 끼라고 처매(치마)를 덮어쓰고 이래 갔다. 가가지고 처매를 이래 치받고[앞을 가린 것을 들추고] 물을 들바다(들여다)보니까, 그 물에 내 얼굴이 비치는 게 아이고 느그 큰아버지[첫째 아들] 얼굴로 비쳐서 못 죽겠더라꼬…….

'내가 죽으면 저거[아들]는 할매[시어머니]가 키아야 되는데, 할매도 나(나이)가 많으니까 할매가 키우다가 저걸 어야겠노…….'

느그 큰아버지 얼굴이가 아롱거려서 못 죽겠더라고. 그래서 거 못둑에 앉아서 실컨(실컷) 울었다. 울고, 그래가지고 다시 마음 돌래묵고(돌려먹고), 악착같이 살아서 [남편이] 살아 오면 만내야지, 그래 생각하고 허브고 뜬고[고생해서] 왔다.

오니까 느그 큰아버지캉 느그 증조모[시어머니]캉 둘이 꺼머이(꺼멓게) 해서 앉았더라. "보지도 몬하고 연락도 몬하고 그래 오나?" 느그 증조할매캉 나캉 붙들고 우니까 느그 큰아버지도 따라 울고…….

"어무이요, 이래 서이(셋이) 사시더(삽시다). 사다 보면 끝이 있겠지요."

느그 증조모가 행여 아들 소문 듣는가 싶다가 얼매나 상심이 많겠노, 그제? 아들 하나 먼저 [학살로] 일거뿌고(잃어버리고), 그[첫째 아들, 구술자에게는 남편]조차 없으면 무슨 낙으로 살겠노. 내가 더 늙어보니까 느그 증조할매 생각을 더 알겠더라꼬……[이 구술을 하기 4년 전에 첫째 아들이 먼저 사망함].

아들 하나 흔적 없이 일거뿌고 무신(무슨) 정신에 살았겠노. 화병이 돼서, 화병이 돼서, 그게 북받쳐가지고 [나중에] 느그 증조모님, 자다가 돌아가셨잖아[시어머니가 돌아가신 것은 1960년대 후반]. 저녁 잘 잡숫고 자다가 돌아가셨다. 심장마비로. 내(늘) 화가 나면 겨울에도 옷을 벗어제끼고, 그래서 머리가 아파가지고 내 수건을 머리띠로 딩애서(동여매고) 살았다. 그래 무신 낙으로 살았겠노.

둘째 아들을 낳다

그래 느그 할아버지[남편]가 전쟁 나고 칠월달에 군대 갔는데 이듬해 돌[만 1년]에 첫 휴가를 왔더라꼬. 보름 와 있으면서 느그 아버지[둘째 아들]가 섰는[임신이 된] 거야. 느그 할아버지가 군대 생활 몇 년 했잖아. 느그 할아버지 군대 있을 때 느그 아버지를 낳았다[1952년].

느그 할아버지 없을 때, 베 짜가지고 쌀 받아다가 묵고살고 할 때, 느그 아버지 배어서 내가 아홉 달꺼지 베를 짰다. 배가 이래 불렀는데도. 사월달에 느그 아버지 낳았는데 삼월달에 베를 짰잖아. 미영(면화) 베는 봄에 다 짜야 돼. 여름에는 처져서 미영 베를 몬 짜는 거야.

그래서 마자(마저) 해서 짠다고 짜는데, 북을 이래 옇고(넣고) 바디집*을 탁 치면은 배에 여 맞는 거야. 배가 부르니까. 그래 느그 아버지가 배 안에서 깜짝깜짝 놀래는 거야. 그래 울메 쉬메 그래 그 베로 다 짰다.

베도 내들(항상) 그거만 짜지도 몬하지. 나물로 뜯어 와야 묵고사는 거야. 오늘 베 짜다가, 내일 한나절 가서 나물 해다 놓고, 또 베 짜고. 또 나무도 없으면 나무도 좌(주워) 오고, 쉬엄쉬엄[중간중간 멈춰가며] 베 짜고 또 밖에 일해가메, 그래 베 다 짜놓고 그랬다.

아(아이)를 사월달에 낳아야 되는데 삼월달에 나물 뜯어다 갱죽** 쑤어서 묵고 그랬는 거야. 그런데 갱죽 그게 아 낳고 나서도 안 물리더라꼬. 그래 느그 아버지도 어릴 때 밥국*** 같은 거, 나물 갱죽 같은 거 잘 잡샀데이. 요새는 묵는가 앤 묵는가 몰라도 김치밥국 같은 거 그런 거 좋아했다.

그래도 그때 군인가족이라고 쌀로 배급을 좀 주더라꼬. 오새(요새) 치면 얼마 되는지는 몰라. 오래 지내놓이. 아매 한 십 키로는 될 거 같애. 애기 놓고(낳고) 묵어라꼬 그래 주더라꼬. 아따, 그거를 집에 갖다놓이 부잔강(부자인가) 싶으더라.

* 바디를 끼우는 테. 홈이 있는 두 짝의 나무에 바디를 끼우고 양편 마구리에 바디집비녀를 꽂는다.

** 시래기 따위의 채소류를 넣고 멀겋게 끓인 죽.

*** 식은 밥에 김치를 넣어서 간단하게 끓인 국.

베 한 필이라 하면 사십 자[약 12미터]거든. 그거를 갖다 매서 짜줘도 풀거리 하라고[쌀풀 쑤는 데 쓰라고], 점심거리 하라고 쌀로 되 반[한 되하고 절반]을 주는 거야. 되 반을 머여(먼저) 주고, 다 짜주면은 쌀 십 키로밖에 안 주는 거야. 그게 베 내가 짜줬는 품이야.

그랬다. 그래 벌어먹고 살았다. 벌어묵는 기 그렇게 어려웠다. 요새 같으면 그마이 해줬으면, 날 수대로 했으면[일당으로 치면] 돈이 백만 원도 넘을 거다. 돈이 참 매 잎(몇 닢)이 안 되제? 그래 받아다 묵고.

그래 군인가족이라꼬 배급 그거 주는 거하고, 언제든지 애라블(어려울) 때 묵는다고 나락을 단지에 쪼매(조금) 여(넣어)가지고 놔뒀는 게 있어. 그거를 아(아이) 놓을 때 다 돼갈 때 삼신판(삼신상*)에 놓는다꼬 느그 증조할매[시어머니]가 쫌 말려서 찧어서 그래 먹었다.

느그 아버지 놓고는 배를 그칠(그렇게까지) 곯지는 안 했어. 세월도 쪼매꿈(조금씩) 쪼매꿈 나아지고. 느그 큰아버지[첫째 아들]하고 느그 아버지하고 아들 두낮이니까(둘이니까) 이제사 내가 살겠더라. 아들 하나 있는 그거는 있는동만동, 그제? 두 형제마 있으면, 키아놓으면 즈그가 할매[시어머니]하고 내하고 벌어 미갤(먹일) 끼고.

* 아기를 낳은 뒤에 삼신에게 올리는 상. 쌀밥과 미역국을 차려 놓고 아기의 무병장수를 빈 뒤 산모가 먹는다.

내가 어예(어떻게) 해도 즈그는 앤 굶기고 앤 벗기고 살어야 되겠다, 그래 살 의욕이 나더라꼬. 느그 할배사 전쟁터에 가고 없잖아. 죽든 사든 어쨌기나 우리는, 나는 요 아들 둘로 데리고 할매[시어머니]캉 살어야 된다는 의욕이 나더라꼬. 야야(얘야), 일을 해도 지어븐(지겨운) 줄 모르고, 아픈 줄도 모르고, 덴(된) 줄도 모르겠더라.

[나: 할아버지는 아버지 태어나는 걸 못 보신 거예요?] 못 봤지, 야야. 그때 휴가를 자주 보냈나? 안 보냈으니까. 첫 휴가[1951년 보름간의 첫 휴가] 와서 아(아기)가 생겼제? 칠월달에 생겼는데, 이듬해[1952년] 가을에 꼬추 이퍼리 딸 때 느그 할배 부산에 출장 간다면서 잠시 왔더라꼬. 잠시 와가지고 아(아기) 보고 갔다.

느그 아버지 사월달에 나서, 그때[할아버지를 처음 만날 때] 설설설 기댕기고(기어다니고), 윘고(웃고) 그랬거든. 조거 웬 안지(아기인지) 모르지. 와서 이래 들바다(들여다)보데. 자기 아들이 맞나 시프든동. 가마(가만히) 들바다보고 가디, 부산 출장 가서 하룻밤 자고 또 왔데. 집에 와서 하룻밤 더 자고, 그래 도로 부대로 갔다니까.

[나: 언제 아기가 나온다고 편지도 안 하셨어요?] 느그 증조할매는 아들자테(한테) 편지를 안 써. 국문은 좋았는데도 [편지를 직접] 앤 쓰고 꼭 날로 하라 하시데. 내가 아(아이) 뱄다 클 수가 있나. 안 했지. 내가 편지 쓰면 만날 그양 잘 있다

하고, 몬 있어도 잘 있다, 잘 있어도 잘 있다, 걱정하지 말고 있으라꼬 그래 써서 보내고, [느그 할배는] 아(아기) 있는 줄도 몰랐지.

느그 아버지를 놓고 그래 인자(이제) 살어야 되겠다 싶어서, 똥물도 치고, 풀도 뜯고, 밭도 매고, 논도 매고, 내가 몬하는 일으는 품앗이 해가지고 논 갈어돌라 하고, 갈아주면 품앗이해서 또 숨구코(심고), 그래서 매고, 허배가 뜯고[악착같이] 살았다.

아(아이) 데리고 젤로 몬하는 기, 밭 매고 논 매고 모 숨궇는(심는) 거는 몬하거든. 아(아이)를 업고 밭을 매는데, 내가 [허리를] 꾸굴쳐서(구부려서) 밭을 매이(매니까) 아(아이)가 우로 쏟아질라 하제, 지는 꺼꾸로 안 널찔라(떨어질라) 하제. 오새같이 이래 딱 장궇는(잠그는) 기[아기띠] 있으면 쫌 나을낀데 그양 [포대기를] 띠깨서(둘러서) 이래 매니까 아(아이)가 우로 빠질라 하는 거야.

그래 앉어서 밭을 매면은, 요기[둘째 아들이] 쫌 커놨디만 손을 뒤로 냄겨갖고 곡석을 종종 다 뽑아뿌는 거야. 한 발따나[한 발 정도, 사람이 양 팔을 벌린 정도의 너비] 매고 가서 돌아보면은 이쪽 뿔때기[이랑] 다 뽑아뿌고 없는 거야.

밭이 집 잩에 있으니까, 아(아이) 재(재워)놓고 가서 밭 좀 매다가 아(아이) 소리 나면 올 끼라꼬 옆집 사람인데 “우리집 아(아이) 우는 소리 나거들랑 날 쪼매 불러도게이.” 하고 가거든. 가서 요만치 매다가 보면 아(아이) 운다꼬 오라 하고, 느그 증조할매캉 같이 밭 매다가 아(아이) 운다 하면 쫓어(달려)오고.

그래서 그다음에사[둘째 아들을 낳은 다음에는] 마 몬 산다 생각도 안 하고, 돈이 없어도 산다는 생각마 했다. 저것들 우야든동(어떻게든) 안 굶개고 살어야지, 그래서 느그 증조모님하고 허배고 뜯고(고생하면서) 살었다.

느그 할배는 고라고는[1952년 가을에 휴가 온 뒤로는] 차례차례로 세월이 좀 편해지니까, 잠시 잠시 왔다 가도 일 년에 두세 번 휴가로 오더라꼬. 그래 가마 세월로 흘러갔는 게, 느그 할아버지 제대할도록 살았다.

기록자의 글 2

할머니에게 국군과 인민군, 또 미군은 어떤 존재였을까. 국군과 경찰은 남편과 시동생을 잡아 가두고 시동생의 목숨까지 빼앗았다. 인민군은 남동생을 끌고 가고 할머니 자신에게도 총부리를 들이댔다. 미군은 한국 여자들을 잡아가 겁탈한다는 소문이 돌았고 그 때문에 남편 찾으러 가는 길을 포기해야 했다.

"미군들이 처음 나와서는 그랬는 거야. (줄임) 여 여자들이 좀 늙고 젊고 그거를 생각 없이 마카 여자로 보이고 그랬는갑더라. 그래 붙잡혀 가가지고 강탈[강간]로 당코(당하고) 그런 사람이 많앴다니까."(김두리)

2010년 발간된 『진실 · 화해를위한과거사정리위원회 종합보고서 Ⅲ 민간인 집단희생 사건』에 따르면, 한국전쟁 전후 민간인 집단희생 피해자는 2만 620명으로 파악됐다. 보고서는 "조사 과정에서 같은 사건이나 유사한 사건 안에서 신원 확인이 가능했던 피해자의 명단을 집계한 수치이므로 실제로는 더 많은 피해자가 있었을 것"이라고 추측했다. 학계에서는 적게는 30만 명, 많게는 100만 명까지 희생됐으리라 추산한다.

진실 · 화해를위한과거사정리위원회의 조사로 확인된 한국전쟁 전후 민간인 집단희생 피해자 가운데 39.91%가 군경 관련 사건의 피해자였고, 32.34%가 예비검속 · 보도연맹 · 형무소 관련 사건 피해자였다. 참담하게도, 피해자 열 명 가운데 약 일곱 명은 '대한민국'의 제복을 입은 자들에 의해 희생됐다는 뜻이다. 그리고 21.56%는 적대세력 관련 사건 피해자였고, 미군 관련 사건 피해자도 6.17%로 집계됐다.

국군도 인민군도 미군도 모두 가해자로 등장한다. 학살의 현장에서 군복의 색깔은 무의미했다. 어디서는 인민군에게 밥을 해줬다고 죽었고, 어디서는 국군에게 협조했다고 죽었다. 또 어디서는 이유도 모른 채 미군의 폭격으로 죽었다. 그들의 '적'은 대체 누구였을까. 전쟁이란 참 곱씹을수록 허망한 단어다.

"사람이, 강둑에 저(저기)도 시체가 넘어디딜 만하이[넘어다녀야 할 만큼] 있었단다. 그마이 마이 죽었다. (줄임) 미군도 죽고, 한국군도 죽고, 저쪽[북한] 사람들도, 넘어왔는 사람들도 마이 죽었다."(김두리)

할머니는 전쟁의 참혹함에 대해 생생하게 증언한다. 실제로 할머니가 살던 곳과 가까운 경주시 안강읍과 포항시 기계면은 한국전쟁 초기 격전지였다. 당시 유엔군은 북한군 남하를 저지하려고 기계와 안강 부근에서 지연전을 펼쳤고, 미군 폭격으로 민간인 수십 명이 희생되는 사건도 있었다 (기계천 미군폭격 사건).

전쟁의 다른 이름은 곧 죽음이었다. 3년 1개월 동안 계속된 전쟁으로 인한 인명 피해는 민간인을 포함해 약 450만 명에 이르는 것으로 알려져 있다. 온 땅이 무덤이었다. 모두가 희생자이거나 유가족이었다.

하지만 세월이 흘렀다. 이제 전쟁은 게임이나 영화 속 배경으로나 등장하는 시대가 됐다. 많은 사람들이 전쟁을 '과거사'로만 여기고 있지 않나. 평화나 통일 같은 말들을 좀 촌스럽게 느끼는 것도 같은 이유다.

할머니의 이야기를 통해 분명히 알 수 있었던 사실이 있다. 할머니에게 전쟁은, 70년 동안 끝나지 않고 계속돼왔다는 것. 스무 살 즈음에 겪은 전쟁 이야기는 아흔을 바라보는 나이가 돼서야 '입 밖에' 꺼낼 수 있게 됐다. 이번 구술이 있기 전에는 자식들에게도 조심스러워서 차마 하지 못한 이야기가 많았다.

70년간의 침묵은 할머니가 그동안 '골방 안의 전쟁'을 치르며 살아왔다는 증거다. 방문을 열고 나가면 군복을 입은 누군가가 총부리를 들이댈 것만 같은 두려움. 가슴에 총을 겨누고 너는 어느 편이냐, 너는 누구한테 밥을 해줬느냐 물을 것만 같은 공포. 남편을 감옥에 가두고 시동생을 죽음으로 몰고 간 '빨갱이'라는 낙인이 이제 고스란히 자식들을 향할지 모른다는 걱정. 할머니의 전쟁은 모든 순간 '현재'로 존재했다.

사실 실제로도 전쟁은 끝나지 않았다. 1953년 7월 27일 정전(停戰) 협정이 조인됨으로써 전쟁은 멈췄다. '끝났다'가 아니라 '멈췄다'다. 정전 상황은 양측이 전투를 중단했을 뿐, 전쟁 상황이 잠재적으로 연장되고 있음을 뜻한다. 아무리 시간이 흘러도 서로 엄연한 '적대국가'로 존재한다는 사실에는 변함이 없다.

'멈췄다'를 '끝났다'로 바꾸려는 노력도 있었다. 전쟁 상황이 완전히 종료됐다는 것을 뜻하는 종전(終戰). 2018년 4월 27일 남북은 '판문점 선언'을 통해, 종전을 선언하고 정전협정을 평화협정으로 전환하기로 약속했다. 하지만 2019년 이후 남북관계가 다시 얼어붙으면서 약속은 지켜지지 못했다. 전쟁의 다른 이름이 죽음이었듯, 평화의 다른 이름은 곧 '삶'이다. 삶을 지키기 위한 약속이 더 이상 미뤄져서는 안 된다.

"그 물에 내 얼굴이 비치는 게 아이고 느그 큰아버지[첫째 아들] 얼굴로 비쳐서 못 죽겠더라꼬……. (줄임) 그래서 거 못둑에 앉아서 실컨(실컷) 울었다. 울고, 그래가지고 다시 마음 돌래묵고(돌려먹고), 악착같이 살아서 [남편이] 살아

오면 만내야지, 그래 생각하고 허브고 뜯고[고생해서] 왔다.”
(김두리)

전쟁이 시작되고 남편이 전쟁터로 떠나자마자 딸이 죽었다. 세 살이나 먹도록 키워서, 아장아장 걸어다니며 자잘한 심부름도 곧잘 하던 아이였다. 남편은 군대에 간 지 일곱 달이 넘도록 편지 한 장 없었고, 마을에는 남편의 부대가 전멸했다는 소문이 돌았다. 할머니는 딸과 남편의 존재를 모두 잃어버렸다.

전쟁의 공포, 극심한 가난, 딸과 남편을 잃었다는 절망감. 할머니는 죽음보다 못한 삶을 스스로 끝낼 생각까지 했다. 그때 어린 아들을 남겨두고 두 번이나 목숨을 끊으려 했다는 사실은, 세월이 흐른 뒤에도 자식들에게는 차마 말하지 못했다. 죽겠다 결심한 마음도, 자식들에게 말 못한 마음도 모두 짐작이 간다.

할머니 이야기에서 엄마의 모습도 떠올랐다. 엄마에게도 그런 일이 있었다. 나를 임신하고 있을 때, 사기를 당해서 집안이 크게 기운 적이 있었단다. 도저히 살아갈 희망이 없어서 어느 다리 위에 올라갔는데, '아들' 생각 때문에 결국 못 죽고 왔다고 했다. 엄마도 할머니도 20대 때 그 일들을 겪었다. '새싹이 파랗게 돋아나는 봄철'이란 뜻으로 청춘(靑春)이라 한다는데, 이들의 봄날은 왜 그리도 어둡고 차가웠을까.

할머니가 겪은 전쟁 이야기를 들으며 반성도 많이 했다. 그동안 노인세대에 대해 너무 몰랐다는 생각 때문이다. 노인들이 살아온 시대에 대한 역사적 지식은 책으로 배울 수 있었지만, 그 시대를 직접 겪은 사람의 목소리를 이처럼 진지하게 들어본 적은 없었다. 사실 아무것도 모르고 있었던 거나 마찬가지였다.

죽음을 그야말로 코앞에 두고 살아야 했던 세대. 목숨을 반쯤은 내놓고 살았다고 해야 하나. 종이 한 장 차이로 삶과 죽음이 나뉘는 순간들을 겪으며 살아왔다. 누군가의 죽음을 슬퍼하고 동정할 틈도 없었다. 그저 살아남기 위한 삶을 사느라 한순간도 허비할 시간이 없었던 것이 할머니 세대의 '청년 시절'이었다. 어느 시절엔들 청년들의 삶이 호락호락했겠느냐마는, 전쟁만큼 극단적인 조건은 또 없지 않을까 싶다.

청년세대와 노인세대 사이에 몰이해의 골이 깊다. 이른바 '태극기 부대'의 등장 이후로는 그 양상이 꽤 걱정스럽기도 하다. 노인세대를 향한 혐오 표현도 너무 가볍게 쓰인다. 청년들은 노인을 보며 독선적이다, 권위적이다, 비논리적이다 여긴다. 반대로 노인들은 청년을 보며 나약하다, 미숙하다, 무례하다 여긴다.

나도 청년 쪽에 가까운(?) 사람으로서, 노인들의 시선이 좀 억울하긴 하다. 하지만 이제 동의할 수는 없어도 이해할 수는 있게 됐다. 어째서 그런 생각이 자리 잡았는지 삶의 배경을 알았기 때문이다. 아마도 세상과 사람을 향한 시야가 약간은 넓어지지 않았을까 생각한다. 이 역시 할머니께 고마워해야 할 일이다.

7

자식들을 키우면서

느그 작은고모는 중학교도 가고 싶고 고등학교도 가고 싶고, 그래 공부가 하고 싶었다. 그랬는데 돈이 없어서 몬 시켰다. 느그 막내이 삼촌 공부 시긴다꼬, 아들이라꼬 더 갈친다꼬 그랬디, 그건 또 지가 하기 싫어서 몬했다. 우로는 돈이 없어서 학교를 몬 보내서 몬하고, 밑에는 지가 하기 싫어서 몬하고 그랬다.

자식들을 낳고 맛본 짧은 행복

느그 아버지[둘째 아들] 낳아서 내가 마음잡아가지고 사는데, 고때버텀(부터) 내가 젤로 편케 살았다. 느그 아부지 놓고(낳고) 고해 말에 송아지를 한 마리 샀는강 그런갑다. 그라고 나중에 느그 큰고모[둘째 딸] 나고 논 두 마지기나 서 마지기나 사고, 고다음에는 아(아이) 하나씩 놓고 논 두 마지기, 서 마지기씩 사고 그래 살었다. 부산에 느그 막내이 고모[넷째 딸] 놓고는 집을 새로 짓고.

머를 해도 아(아이) 하나 놓으니까 한 가지씩 늘더라꼬. 고럴 때 젤로 편케 살았다. 느그 아버지 놓고 시자거(시작해)가지고 아(아이)들 다 놓을 따나는(낳을 때까지는) 모(못) 살어도 모 사는 그대로, 아무 머시[걱정] 없이 살았다.

느그 할아버지[남편] 제대하고 나와서, 가마이(가마니)도 쳐서[짜서] 자아(장에) 져다 팔고. 거 팔아서 가정에 필요한 거 사고. 고때는 작게 지어도 농사를 지어서 양식은 집이(집에) 있었어. 식량은 애껴 무면 되고, 모자래면 쫌 팔아 무면

[사다 먹으면] 되고 이런 거야. 나무(남의) 논도 쫌 부치고, 우리 논도 몇 마지기 샀으니까 고거캉(랑) 같이 농사짓고 그래 살고 있었다.

아(아이) 하나씩 낳고 송아지 한 마리 사고, 그래 그 재미로 살았지. 소 미개서[먹여서, 키워서] 팔어서 논 마지기씩 사고. 느그 할아버지 제대해 나오셔서, 농사지어서 우리 양식도 되도록 장만해서 묵고. 고 순간에 젤로 재밌게 살었다.

촌에서는 밸로(별로) 돈 장만는(장만할) 게 없잖아. 그러니까 겨울에 한가할 때는 가마이 그거 쳐야 돼. 느그 큰아버지[첫째 아들]하고 할매[시어머니]하고 가마이를 치는 거야. 느그 할아버지는 밖에 들일도 해야 되고, 겨울에는 나무 해서 방 뜨수코(데우고) 그런 거 해야 되고, 가마이 칠 여가는 없는 거야.

나는 식구들 먹는 거 해야 되제, 입는 거 해야 되제, 나도 가마이 칠 여가는 밸로 없어. 쫌 시간 나면 새끼, 날새끼로 꽈 가지고 그거는 내가 쫌 하고. 쫌 여가가 나면 느그 할아버지도 쫌 거들고. 그래 새끼 그거를 이래 걸어서 가마이를 치는 거야. 쳐놓으면, 그거를 바늘로까 꾸매야(꿰매야) 되는 거야. 그래서 꾸매고, 져다 팔고 하는 거는 느그 할아버지가 하시고.

겨울에 가마이를 수북이 재놓으면, 봄에 날 따시면 꾸매서, 안강장 삼십 리, 두 모자[시어머니와 남편] 간에 가서 파는 거야. 그래서 비료 같은 거를 사는 거야. 농사도 밑천이 있어야 되잖아. 비료도 사야 되고, 종자 씨도 다 모해가지고 그것도 팔아야[돈을 주고 사야] 되고, 농사 밑천도 마이 드는 거야.

그때는 돈이 천지에 기러벘다(그리웠다), 돈이. 곡식 한 동개이(덩이) 가져가서 자아 내면은[팔면], 집에 써야 될 돈 고거 내놓고[제외하고] 요기할 돈도 앤 남을 때도 있다. 간빵(건빵) 한 봉다리 사서, 하나 묵고 벌웅굴(옹달샘)에 가서 물 떠묵고 그랬다. 요기 안 하고 댕기면 자손 몬산다 해서 그걸 요기라꼬 묵고, 그걸 가져와가지고 아(아이)들 갈러준다꼬 그라고 그라고 살았다, 야야(얘야).

안강장 삼십 리를 걸어갔다가 걸어왔다가. 갈 직(때)에는 곡석(곡식) 이고 간다꼬 무겁제, 올 직에는 가정에 쓸 거 비누야, 먹을 거야, 사서 오면 또 한 고개 돼서[짐을 이고 고개를 들기 힘들 정도가 돼서] 무겁제. 아(아이)들 월사금 줄 돈 딱 고만치만(그만큼만) 남가놓고, 남은 돈을까(돈으로) 이거 저거 해서 오는 거야.

느그 큰아버지는 일 마이 했다. 느그 큰아버지캉 내캉 둘이가 골이 빠졌다. 느그 할아버지는 본대(본디) 선비니까 잔잔한(자잘한) 일으는 뒤밖(뒷전)이야, 밭에 일도 뒤밖이고. 나제(나중에) 경운기 들오고 나서는 느그 큰아버지 혼자 거다 댕기면서 갈아놓고, 나제 손을까(손으로) 맬 때는 놉을 해서 매는 거야. 놉을 여덟씩 아홉씩 해가지고 하루 매고 남는 거는 느그 큰아버지가 혼자 댕기며 매는 거야.

느그 할배가 쫌 마음이 내시면(내키면) 와서 거들어주고. 그래 내가 "제발 쫌 아(아이) 혼자 시기지 마고 쪼매 가서 거들어주소." 그래도 낚싯대 들고 못에 가셔뿌고. 낚시는 무신(무슨) 노무(놈의) 낚시! 내가 낚시라 하면 몸서리가 난다.

느그 할아버지도 엄마[시어머니]자테는 참 잘했어. 어디 가면 꼭 엄마 방문 앞에 가서, 엄마 내 어디 가니데이, 그라고, 갔다 와서는 언제든지 엄마 방부터 가서, 왔니더, 하고. 느그 할아버지도 그거 하나는 참 잘했어. 어디 가서 아(아이)들이 홍시를 하나 좌(주워) 와도 "할매[시어머니] 갖다드래라." 하고. 할매는 그거 갖다주는 게 고마버가, 쪼개서 즈그 농가[나눠]주고 할매 요만침(만큼) 잡숫고.

아(아이)들이 나무(남의) 감나무 밑에, 거 시원타꼬 가 노다가 홍시가 널찌면(떨어지면) 주워서 가져오는 기라. 즈그끼리 안 묵고 할매 드린다꼬 가져오고. 그래 내제는(나중에는) 할매가, 작은 거 갈라줄라 하면 힘든다꼬 "느그 무아라. 거서 묵고 온느라." 하시더라. 어떤 직에는 두 개 세 개 조면(주우면) 할매 하나 잡숫고 즈그 묵고.

그때는 오새같이 과일을 이래 사다 놓고 묵는 것도 없고, 마카(전부) 시제(각자) 집에 나무 키아서, 감남기(감나무)나 배나무나 숨구코(심고) 이래 따묵고 그랬는 거야.

우리는 이사를 자주 댕기니까 감나무도 하나 없어. 새로 집 지아서 가놓으니까. 그래 어디 가 감나무 접붙여서 요만치 키아놓으면 또 거기 모 있게 되고, 열매 열 만하면 또 어디로 옮겨야 되는 거야. 팔잔지 사준지 모르겠더라고.

저 덕정에 우리 살았다가 나왔는 집에 지금 대문 앞에 감나무 있는 거, 우리가 거 가 숨가놘(심어놓은) 거야. 단감남긴데(단감나무인데) 마이 열었더라 하더라꼬. 마이 크더란다. 그래 그때는 감나무 숨가서 열매 열 만하면 또 살림을 옮겨야 되고, 과일이 잘 없어. 과일이 기러워(그리워).

아(아이)들 키울 때는 간식이라 해야 여름 되면 밀떡밖에 없어. 밀가루 고븐(고운) 가루 빼놓고 끌가루 그거 가지고 콩하고 팥하고 삶아 넣어서 떡을 하는 거야. 밭이 많으니까 전곡은 많잖아.

그때는 사까리(사카린)도 있고. 사까리 그거 쫌 여(넣어)가지고 후래(휘저어서)가지고 놔뒀다 쪄놓으면, 오새 부풀개떡 그거야. 그거는 이틀사흘 놔놔도 잘 안 쉰다니까. 오늘 쪄서 내일 그양 놔둬도 잘 안 쉬어 그게. 그래 여름에는 그런 거 해서 주고 그랬어.

아(아이)들 학교 가면, 집에 와서 무아라꼬(먹으라고) 내가 감자를 껍디기(껍데기)째로 흘마(흙만) 쉬어뿌고, 껍디기 깔 여가가 있나, 껍디기째로 흘마 쉬어뿌고 멀빵(머릿방*) 군불

* 안방 뒤에 딸린 작은 방.

솥에 삶아놓는다. 삶으면 한 대야씩 삶아야 돼. 그라면 즈그가 학교 마치고 오는 대로, 차례대로 내서 까먹고.

우야다가(어쩌다) 즈그 친구들이 물 좀 얻어묵고 간다꼬 집에 들오면, 친구들 앤 주고 지 혼차(혼자) 물 수 있나. 친구들하고 다 무뿌면 나제 오는 거는 그것도 몬 얻어묵는 기야. 그런 때도 많앴다.

그 시절의 '독박육아'

느그 아버지[둘째 아들]는 여덟 달 만에 걸어댕겼다. 돌 안에[전에] 온 데 다 쫓아(뛰어)댕기고 다 했다. 얌새이(염소) 똥도 좌 묵고(주워 먹고). 못둑에 얌새이 여 미개 키우는 거 있거든. 얌새이 똥도 조 묵고(주워 먹고). 젤로 솟되더라꼬(크는 게 빠르더라고). 그때는 어디 아(아이)를 치깨들고(귀하게) 키우나, 일한다꼬 바빠서.

그래 여덟 달 돼가지고, 못에 가가지고 빨래를 쉬고 오니까 아(아이)가 없는 거야. 이름을 부르면서 암만 찾아봐도 집 안에 없는 거야. 화장실 갔는강, 어디로 갔는강. 느그 증조모[시어머니]가 사랑바아(사랑방에) 계셨어. 계셨는데, 느그 증조모는 내인데(한테) 따라간 줄 알고, 나는 할매[시어머니]자테(한테) 있는 줄 알고 그랬디, 아(아이)가 없는 거야.

집 안에 없으이 골목 나가야 되잖아. 골목에 나가며 아(아이)를 찾는다꼬 이름을 부르니까, 그짝(그쪽) 집에서로 마 윘어사터라꼬(웃어대더라고). 그날 바람이 마이 불었어. 그 집을 들바다(들여다)보이, 미영 베로 매는데, 홑이불로 갖다가 가라(가려)놨더라꼬. 불 재가 날러사놓이(날아다니니까) 베 까마이(까맣게) 재 묻지 말라꼬 가라놔서 비지도(보이지도) 애(안) 하더라꼬. 내가 물어도 내(계속) 웃어사터라.

"혹시 우리 용이[아들 이름] 여 안 왔능교?"

"어지간히 큰 아(아이)를 동네 댕기며 찾네. 얼라(어린아이) 일거뿌고 어드메 이우제(이웃에) 오노?"

"나는 애가 답답어 찾는데 윘기는 와 윘노!"

내가 그래 드가니까, 느그 아버지가 한 번 불러도 대답도 안 하고 댓꼬재이(부지깽이)로 불로 푹푹 쑤셔서 나무(남의) 벨로(베를) 새카마이 만들어놨더라꼬. 재로 올려서.

여덟 달 됐는 알라가 나무(남의) 집 와가지고 재 수새고 그래 있으니까 그게 귀여버(귀여워)가지고, 그 재로 잿고네이(재 묻은 고양이)를 만들어놨는데도 그걸 안 마라큰고(혼내고) [집으로] 보내지도 안 하고, 그래 아(아이)를 붙들고 두 동세들이[동서지간 둘이] 베를 매고 윘고 앉았더라꼬.

동네 사람이 다 [둘째 아들을] 귀타(귀하다) 그랬다. 할매 하내이(하나)는 "하이고 이게 어디서 왔노? 세사(세상) 이게 어디서 날아왔노?" 하면서. 글키는(그렇기는) 안 하나, 그제? 다 죽는다 했던 사람[남편]이 살아 와가지고 아(아이)를 낳았으니까.

온 동네가 떠들었다니까. "그 집 아들 낳았단다." 야단 지겼다(떠들썩했다). 그때는 또 아들 딸 구별 안 했나. "하이고 주호띠게(주호댁이) 아들 낳았단다. 아들 낳았단다." 하면서, 동네 사람이 다 잘했다, 잘했다 그랬다[구술자의 택호가 주호댁이다].

고무신 요래 반 그챘는 거[발등을 반쯤 덮는 것], 잘 앤 버져지는(벗겨지는) 게 있디라. 느그 증조할매가 느그 아버지한테 그거 한 켤레 사다 신개놨디, 돌 안에(전에) 밑에 알배이(발바닥) 다 떨어졌다. 저녁으로도 안 버져. 잠들어서 [신발을] 뱃길라 그라면 깨는 거야. 하루 종드르(종일) 신고 다내가지고 발이 통통 불어, 고무신에 습기가 차니까. 몰래 곱게(살살) 뱃기고 해도 마 깨서 신기라꼬 울고. 신개주면 자고.

느그 아버지 고자바리(고집) 싰다(셌다). 아인 건 아이다. 업고 부엌에 밥하러 드가면, 이래이래 나다버지는[뒤집어지는] 기야. 부엌에 드가면, 불 때고 이라면 매그랍잖아(맵잖아)? 지가 싫거든? 또 내가 꾸불새서(구부려서) 일하고 이라니까 싫은 거야.

그라이 함부래[아예] 문 앞에서 안 드갈라꼬, 내 등드리서(등에서) 이래 뻔대는(버티는) 거야. 물 이고 있는데 아(아이)가 그래 뻔대면 허리가 얼매나 아프다니까. 지는 지대로 이래 뻔대지러, 나는 내대로 물 안 널쭐라꼬(떨어뜨리려고) 용을 쓰지러.

느그 아버지는 키우는 데 밸로(별로) 힘도 앤 들었어. 일찍이 걸으니까 노는 것도 잘 놀고, 그렇게 저지레도 안 하고, 언제 키았는지 모르게 키았다. 잔병치장[잔병치레]도 앤 했다.

느그 아버지는 느그 할아버지[남편]한테 딱 두 찰(대) 맞았다. 일평생 내내 두 찰밖에 안 맞았다. 옛날에는 아(아이)를 마이 패더라꼬. 느그 진외조모[엄마]도 아버지[진외조모에게는 남편]가 일찍이 돌아가셔뿌고 없으니까, 엄마가 아버지 구실도 해야 되고 엄마 구실도 해야 되고 그랬잖아. 혹시라도, 엄마 혼자 키았는 자식들 버릇없다 소리 안 듣길라꼬(듣게 하려고) 우리인데 쪼매 모질게 했다.

엄마가 하도 영채가 디가지고(엄해서), 나는 만약에 결혼해가지고 자식을 놓으면(낳으면) 한 찰도 안 패고 키아야지, 그래 생각했거든. 내가 조매(좀처럼) 아(아이)들 한 찰 앤 때리거든. 나는 아(아이)들 마카 키아도 궁디에 손자죽(손자국) 나도록 한 찰 안 때렸다. 느그 아버지는 내인데는 한 찰도 앤 맞았다. 귀여우면 궁뎅이 한 번씩 뚜드려주고. 하도 착해서, 잘 놀고 하면 궁뎅이나 한 번씩 뚜드래줬다.

그라고 느그 증조할매는 아(아이)들은 하나 안 거다(거둬) 주는 거야. 외동손에 났는 기[외아들 아래에 난 자식들이] 귀하기는 귀한데 거다주기는 싫은 거야. 내캉(나랑) 같이 일하고 오면, 아(아이)들이 흙꼬부래이[흙투성이]가 돼 있어도 "니는 가가 밥 채려라. 내가 아(아이) 쫌 씻겨서 옷 갈아입해 고 하께." 그런 소리 안 하셨다. 아(아이) 쫌 쉬어놔야 밥을 묵제. 아(아이)도 밥은 무야 될 거 아이가.

함부래 일하러 갈 때, 못에 물로 마다아다가(마당에다가) 한 다라이(대야) 퍼서 갖다놓거든. 그라면 그게 [낮동안] 뜨새지잖아(따뜻해지잖아). 아(아이)를 찹은(찬) 물에는 쉬기면 안 되니까. 그래 거 수대(세숫대야)에다 퍼서, 아(아이)를 씻겨서, 닦아서, 옷 갈아입혀서, 바아(방에) 들라놓고, 그래 밥을 채린다.

같이 일을 하고 왔으면은 "내가 아(아이) 씻겨서 옷 입해께. 니는 부엌에 가 밥 채리라." 하면 숩게 밥을 묵잖아. 근데 안 그러이 더딘 거야. 다른 집에는 아부지도 아(아이)들을 쉬애고 하는데, 느그 할배는 그거 없다. 코[콧물]도 함 앤 딲어준데이. 속으로는 귀하면서도 겉으로는 안 거댔다(거뒀다). 그래 내가 아(아이) 씻겨서 들라놓고, 밥해서 밥 들루코, 그래 밥 묵고 또 일하러 가야 되고.

느그 증조할매는 계셔도 아(아이)는 앤 돌본다니까. 내가 장 가뿌고 없으면, 느그 증조할매가 집에 아무것도 안 하고 가마(가만히) 있으면 때 되면 아(아이)들 밥으는 주지. 닦애고 쉬애고 그래 하는 거는 없었다. 그래놨디 엄마가 "사돈으는 외동손에 아들 좋아하면서도 거두치는 안 한다." 그랬다꼬. 그 말이 맞어.

'모전자전' 시어머니와 남편

느그 증조모님[시어머니]은 그래도 아(아이)들은 많을수록 좋다 했다. 내가 느그 막내이 고모[넷째 딸] 안 놓을라(낳으려) 했어. 그래 느그 증조모님이 그라시데.

"지 물 거는 지가 다 타고난다. 내사 한 동네라도 작다[자식이 한 동네 사람만큼 많아도 모자라다]."

느그 증조모님은 아들이 하나뿐이잖아. 딸도 없잖아. 자손이 많고 작고 내자테(나한테) 달렀잖아. 그래서 그거[넷째 딸]를 낳았다. 그래 병을 얻어가지고, 그때부터 내가 아프기 시작했다. 느그 증조모님은 자식 욕심은 있으면서도 거두치는[돌보지는] 잘 안 했다.

느그 큰고모[둘째 딸] 어릴 때, 우리 일가에 새댁이가 하나 보따리를 이고 왔어. 시집와서 살림은 새 살림에 아쉬운 거는 많지, 묵고살 게 없으니까 보따리장사를 시작했는 거야. 난닝구(러닝) 같은 거하고 옷 망글었는 기[기성복], 세월이 쪼매 편해지고 나이(나니) 그때 쪼끔씩 나왔다니까. 그래 새댁이가 알라(어린아이)를 업고 보따리장사를 했어.

일가라꼬 찾아왔는데 뭐 하나 사주기도 사줘야 되고, 느그 큰고모가 주름치마가 입고 저버(싶어) 그래사가지고[졸라대가지고] 그걸 하나 사준다꼬 했다. 내가 치마를 받아서 요 들라(들여)놓고, 새댁이보고 "들온느라. 돈 주께." 하고 요 있어라 그랬어.

근데 그때는 촌에 돈이 없잖아. 그러니까 곡석(곡식)을 줘야 되는 거야. 그 사람도 곡식 그걸 받아서 내서[시장에 팔아서] 돈을 해야 또 물건을 띠잖아(떼오잖아). 안 그라면 자기네가 곡석을 묵든강. 돈을 안 주면 곡석이라도 줘야 되니까 "들와 있거레이." 그랬는데, 마 느그 증조모가 "사지 마라." 하시더라꼬.

그때 엄마도 와 계셨다. 와도 생전 자고는 안 갔어. 나무(남의) 집에 잠이 잘 애(안) 온다 하시메. 우리 집 식구도 많제 이러니까 안 자고, 큰딸네 집에 가서 자고 가시는 거야.

엄마가 그라더라꼬.

"돈 내가 주께. 사돈, 놔두소."

"사돈이 와 주능교. 야야(얘야), 사돈 돈을 쓰면 되나?"

외손녀 치마 하나 사주면 어떻노, 그제? 사돈이 돈 준다 해도……. 자기가 앤 사주면 사돈이라도 사주구로 놔두제, 느그 증조할매, 기어코 그거를 가가라꼬(가져가라고) 새댁이한테 앤 줘뿠나(줘버렸나).

그래놨디 느그 고모는 울고, 울면서 이칸다.

"엄마, 엄마, 나는 나중에 돈 버리면(벌면) 옷마 사 입을 끼다."

지 그랬는 기 아이따네(아직까지) 어제 들었는 거 같다……. 인자 지 마음대로 벌어서 지 마음대로 사 입고 뭐. 그기 지끔 몬살면, 옷도 지 입고 싶은 거 몬 입으면 내가 아이꺼정(아직까지) 요[마음에] 걸래 있을 거다.

느그 증조모님, 쫌 성나면 이틀 사흘도 말씀 안 하신다는 거는 내가 말했제? 그런데 희한하제? 느그 할아버지[남편] 또 글터라꼬. 닮더라꼬. 쫌 성나서 마이 싸우면 이틀 사흘 말 안 한다.

내가 마 내 하고 싶은 말 안 하고 있으이 너무 속이 북덕북덕거려가지고 어떤 직(때)에 다 해뿌면, 밥도 내 해주는 밥 안 먹어. 안 먹고 소물(소여물) 솥에, 둥거리(장작) 불 때서 소죽 끼랬는(끓인) 솥에, 거다가 자기가 밥 안쳐서 냄비에 밥 해가지고 혼차 소물 부직(아궁이) 앞에 거 앉아가지고 자시는 거야.

[나: 왜 싸우셨는데요?] 뭐 이럭저럭 사다(살다) 보면 싸울 일이 있잖아. 아(아이)들 때문에 잘 싸운다니까. 아(아이)들 학교 가기 전에, 나는 아(아이)들 쫌 기 피고 노라(놀아라) 싶어가지고, 아(아이)들 좀 어지르고 그래도 조매(좀처럼) 안 마라큰거든(야단치거든).

옛날에 뭐 장난감이 있나, 새금파리(사금파리) 주워서 동두깨비(소꿉장난) 산다고 집 울딸(울타리) 밑에 놔두면, 나는 마당을 쓸어도 그거 즈그 나중에 가노라꼬(갖고 놀라고) 그양 놔두거든. 느그 할배는 그걸 다 퍼 내삔다(버린다). 생전에 마당도 잘 안 쓸어. 맨날 내가 쓸지. 그래 내가 그라거든.

"그기 무신(무슨) 재살(손짭손*)이고? 아(아이)들 심심하면 소꿉장난도 해야 되지러, 낮에 따시면 한 번씩 나가 놀기도 해야 되지러, 우예 천날만날 방구직에 그양 들앉았노? 그거 쫌 놔두지 무신 재살로 그거를 다 끄러(긁어) 내삐노?"

"그양 놔두면 내(늘) 어지른다."

"그랄라면(그러려면) 마당 쓰지(쓸지) 마라. 언제는 마당 쓸었나? 내가 천날만날 쓸구만 어짜다가 한 번 쓸면 생난리를 지기고(일으키고)……. 하지 마라, 마. 안 하고 있으면 개가 똥을 누든 말든 시간 나는 대로 내가 치우께. 하지 마라."

느그 할배는 자기 하는 거 원망한다꼬 또 기분 나쁘지. 그래도 느그 할배 양반이라서 욕설은 조매(좀처럼) 안 한다.

"임자가 날 질(길)들일라 하나! 훈계하나!"

"훈계가 뭐고? 질이[길들인다는 게] 뭐고? 아(아이)들 그거 가노는 거 뭐 그렇게 그래 재살이 나가지고 내비노?"

느그 할아버지는 숩게 말해서 게살궂다고(심술궂다고) 생각해야 된다. 엄마 속 닮아가지고. 자기가 이 말로 하면 상대방이 감정이 들겠다(생기겠다)는 그 생각은 안 하고 자기 속 편토록만 말해뿌는 거야. 칼로 비고 소금을 치는 듯이 그

* 좀스럽고 얄망궂은 손장난.

렇게 막말로 따갑게 해뿌는 거야.

그러니까 아(아이)들 커놓이 정이 없더라꼬. 느그 아버지[둘째 아들]하고 느그 큰아버지[첫째 아들]하고 밥만 무면, 행여나 아버지한테 무슨 입 떨어질까 싶어서[야단 들을까 싶어서] 어뜩 무뿌고 먹는 대로 쫓어(달려) 나가뿌는 거야. 밥 묵는 것도 요렇게 펑 퍼질고 안 앉고 반 조저앉듯이(꿇어앉듯이) 이래, 싸게(빨리) 퍼무뿌고 나간다.

그래놓이 쪼매 나이 드니까 느그 할배 그라데.

"이노무 손들, 하마버터(벌써부터) 나를 둘린다(따돌린다)."

"아(아이)들을 좀 붙애봐[살갑게 대해봐]. 붙애보면 그래 한테 앉아가지고 있지."

어떤 때 할 말 있으면 "나가지 말고 앉아 있어라!" 하데. 그럴 때는 느그 아버지하고 큰아버지하고 이래 앉아가 좀이 끓는다(쑤신다). 무서워서. 관혼상례 대한 이야기, 예절에 대한 이야기, 그래 하면은, 그게 귀에 앤 들어온다니까. 어뜩 밖에 나가고 저버서(싫어서). 그래 생전에 듣지도 않애.

"느그 하기[듣기] 싫으면 하지 마라. 나중에 느그 후회할 끼다."

느그 할아버지 그라디만, 할배 돌아가시고 느그 큰아버지 후회하더라. "아버지가 천년만년 살 줄 알았디만은 아버지 살아생전에 말씀하실 때 귀담아듣고 좀 적어놓을걸." 이라더라꼬. 조저앉아서 밥 묵고 나가기 바쁜데 그거 적어놓고 할 여가가 어딨노.

재주 좋은 남편

옛날에는 집집마짐(집집마다) 베틀이 있었어. 나무(남의) 베틀을 얻어 쓸 수가 없어. 베 고거도 짜는 데 반각이(때가) 있잖아. 삼베 짜는 철, 미영베 짜는 철이 있으니까 시제(각자) 집에 다 있어야 돼.

느그 할아버지[남편] 솜씨가 좋아서 손으로 베틀을 다 만들었다. [나: 직접 만들었다고요?] 어. 나무까(나무로) 망글지. 집집마짐 다 있어. 대목이 그거로 만들어. 느그 할아버지는 재간이 있으니까 손수 만들지. 느그 할아버지 솜씨가 얼마나 좋은 줄 아나? 집도 지었지러, 이발도 하지러, 느그 할아버지는 보는 거는 다 했어. 너무 재간이 있었어.

아(아이) 여섯 키우는 거, 느그 고모들이고 뭐고 다 느그 할배 손수 머리 깎고 키았지. 미장원도 안 갔지. 미장원은 오새(요새) 있지. 미장원은 그때 없었고, 이발소는 있었고. 딸아(여자애)들은 마카(모두) 즈그 엄마들이 다 깎아주는데, 우리 집은 느그 할배가 깎아주지. 나는 깎을 줄 몰라. 아예 앤 깎았으니까 모르지. 마카 아들딸 다 느그 할배 혼자서 머리 깎는 거는 깎아줬다. 쉬고 닦고 하는 거는 내가 하고.

느그 할아버지는 재간이 너무 있었다. 집도 지었지. 우리 사는 집으로 네 채를 지었다. 작은집 집꺼정 다섯 채를 지었어. 그래 지으니까 느그 할아버지가 대목이 되더라꼬.

첩때(처음에) 난리[일제에 의한 강제징병] 피한다꼬 꼴짝(산골)에 가서 담 쳐서 지았다 했제? 그때 처음으로 지었는 거야. 거 사다가 나제(나중에) 평화[해방] 되고 밖에 나와가지고 또 집 하나 짓다(지었다). 나중에 빨개이(빨갱이) 난리 만내가지고 꼴짜아(산골에) 몬 살구로 해서, 집 지었는 거 그거 내삐고(버리고) 야제 나갔다(자기 집 없이 남의 집에 살았다).

야제 나갔다가 나제(나중에) 좀 평정되고 느그 할아버지 군대 가뿌고 없을 직(적)에, 적은할아버지[시삼촌]가 조카[남편] 제대해 나오면 살아라꼬 헌 집으로 제복(제법) 큰 거를 하나 사주더라꼬. 그때 세월이 쪼매 좋아진 거지.

그래 거 사니까, 앞에 못이 있는데 못둑을 돋와서 새로 막아뿌고 나니까 우리 집에 물이 들오는 거야. 집도 [수명이] 다 됐고. 그래 다시 집을, 옆에다가 밭을 하나 사가지고 집을 지었다니까.

새로 땅을 돋와서 지었으면 괜찮았을 건데 밭이 좀 높어. 그래 그냥 집을 지었는데, 또 못에 물이 차니까 부엌에 물이 새는 거야. 좀 비가 오면 방앗간에 물이 새고. 비 올 때만 그런 것 같으면 또 살 수가 있어. 약간 그러면 빠지면 괜찮은데, 못에 물을 내(늘) 가다놔야 되잖아. 안 되는 거야.

그래서 또 거서 집을 뜯어가지고, 그래 덕정 거 내르와서 또 집을 안 지었나. 느그 할배하고 느그 큰아버지[첫째 아들]하고 느그 아버지[둘째 아들]하고. 덕정 집 지을 때는 느그 아버지도, 뭐 할 땐공 몰따(모르겠다)[중학교 1학년이었음]. 집 지을 때 나와서 거들었다.

그랬으니까, 우리 집을 세 번, 네 번 지았나? 그라고 작은 집 집을 또 하나 지었다. 그라고 나니까 느그 할배가 "이자(이제) 내가 집 지을 수 있다." 하더라꼬. 대목이 와가지고 상장(상량*) 걸고 새까래(서까래**) 걸고 알메치고[흙으로 안을 메우고] 그거만 해주고 그다음에는 다 손수로 했는 거지.

느그 할배는 남인데는(남한테는) 자랑스러운 거는 맞어. 안 사 개동[고경면 안쪽에 있는 네 곳의 마을—파계, 칠전, 덕정, 논실] 어디메 간판 쓰고 뭐 쓰고 글 붙인다 하는 데는 느그 할아버지 글 안 붙은 데가 잘 없단다. 안 사 개동에 느그 할아버지 필체가 제일 좋은 거야. 어데 개업했다 하고 간판 써야 된다 하면 느그 할아버지 앤 불려간 데 밸로(별로) 없었다.

파계는 자기네들 일성촌(집성촌)이니까 똑똑은 사람도 있고 글 마이 아는 사람도 있었지만은, 답곡[논실], 덕정 글로

* 기둥에 보를 얹고 그 위에 처마 도리와 중도리를 걸고 마지막으로 마룻대를 올림. 또는 그 일.

** 마룻대에서 도리 또는 보에 걸쳐 지른 나무. 그 위에 산자를 얹는다.

는(그리로는) 길흉사 간에 느그 할아버지 머여 가야 된다. 누가 상 당았다(당했다) 그라면 가서 부고 다 써주고, 그란다고 집에 안 오는 거야.

요새는 전화가 있지만은 그때는 마카 사람이 댕기며 부고를 전했잖아. 느그 할배가 부고도 써줘야 되고, 사람 죽으면 어떻게 하고 그것도 가르쳐줘야 되고. 어떤 집에는 손님들 마이 와 있으면 뭐 글 쓰는 거 있으면 써주고, 축문 다 써주고 초상 치고 나서 집에 오는 거야. 느그 할아버지 그런 사람이야.

[나: 한문, 국문 다 잘 쓰셨던 거예요?] 그렇지. 한문이고 국문이고 느그 할아버지 필체는 이쁘다. 좋다. 황수탕[경북 영천시 고경면 덕정리에 있는 약수탕] 거게 간판 붙었는 것도 느그 할아버지가 썼는 거야. 글 어데 붙여놓고, 어디 글 써야 되는 데는 다 불려댕겼다니까.

모심기 하는데 바쁜데도, 누가 제문 써돌라 하면 가서 써주고, 사성지 써돌라 하면 그거 써주고. 모기가 달러들어서 몬하제? 방장(모기장)을 쳐놓고 불로 고 들라놓고 그래 글 썼는 느그 할배다. 남인데는 참 좋은 사람이지. 아들 장가 보낸다 하든강, 딸 시집 보내고 사성지를 쓴다 하든강, 내(늘) 글 써주러 뽑해(뽑혀) 댕기는 사람이다. 느그 할아버지 이름 대면 모르는 사람이 없다.

뭐라도 느그 할아버지는 한다 하면 여무지게 하는 거야.

그런 따문에 어디 가도 신용을 얻는 거야. 동네 사람들한테도 신용 떨어지는 짓은 안 하지. 술을 안 자시니까 어디 가서 부질없는 소리 안 하니까 실수할 데가 없잖아. 그러니까 학자고, 양반이고, 동네 사람들이 자기 있는 집에 초상이 나면 제일 먼저로 느그 할아버지가 가야 되는 거야. 느그 할배가 그런 사람이다.

[나: 할아버지는 한문은 어디서 배우셨는데요?] 느그 할아버지는 내 시집오니까 독사장(독선생) 안차(앉혀)놓고 배우더라. 느그 할아버지는 마이 안다. [나: 형편도 안 좋으셨다면서요.] 형편도 안 좋은데도, 한문 갈채(가르쳐)줬는 사람이 느그 증조부님[시아버지] 친구야. 친구니까 좀 갈채돌라 그랬겠지. 느그 증조부님 살 때는 [형편이] 쪼매 낫기도 나았고. 증조부님 돌아가시고 더 형편없어졌지.

그 사람은 옛날에 하며 유학해서 일본 명치대학[메이지대학] 나왔다 하더라꼬. 그 사람은 부잣집 아들이야. 윗대부터 삼대로 부자로 내르왔는데 그 사람이 다 팔어묵었대. 일본 가서 신학[신학문] 공부하고, 명치대학 거 가서 졸업해 와가지고, 기생첩이라 하면 자기 델고 놀고 저븐(싶은) 대로 델고 놀고, 조상들이 벌어놓은 돈 칠레방팔레방(홍청망청) 써가지고 다 떨어묵었다 하더라고.

그래 할마이는 죽고 거 와서 밥도 겨우 얻어묵고 살고 있더라꼬. 느그 할아버지는 일 있을 때는 일하고 오면은 그 사람이 와서 기다리고 있다. 기다리고 있으면, 점심 묵고 와서 저녁답(저녁때)에 가르쳐주면 저녁을 채려야 되는 거야. 죽이면 죽이고 밥이면 밥이고 우리 먹는 대로 채래드리고 그랬지. 그래 느그 할배는 얼매나 배았는지는 몰래도, 독사장 앉차놓고 한문 배았다.

"가스나 요것만 안 낳았으면"

그래 느그 아버지[둘째 아들] 놓은(낳은) 뒤에 느그 막내이 고모[넷째 딸] 놓을따나(낳을 때까지), 고때 고 순간이 할매[본인]가 제일 편케 살았다 했제? 근데 아(아이) 다 놓고 나니까 마 몬사는 거야. 아(아이)들 더 크니까 높은 학교 보내야 되고. 그때는 국민학교 댕겨도 다달이 월사금을 내야 되잖아. 월사금 몬 내서 학교 몬 보내는 사람도 많았다. 그래 그때는 배운 사람이 적었지.

느그 큰아버지[첫째 아들]은 공부를 몬 시켰어. 너무 [재산이] 없고, 느그 큰아버지가 또 공부를 안 할라 해. 느그 할배[남편]가 "느그 할라 하면 내가 대학은 몬 시겨도 고등학교꺼지(까지)는 다 시겨줄 테이, 내가 어찌하더라도 시길 거니까 공부해라." 했거든. 딸으는 마이 안 가르쳐도 된다꼬, 머시마 서이마(셋만) 가르친다꼬 했어. 근데 느그 큰아버지는 공부를 안 하고 농사짓고 살라 해. 지 안 할라 하이 할 수 없잖아.

느그 아버지는 밸로(별로) 일 안 했다. 내(늘) 공부한다꼬. 느그 아버지도 마 고등학교 갈 낀데, 느그 막내이 삼촌[셋째 아들] 때문에 고등학교 시험을 못 쳤는 거야. 고등학교 시험 칠 때, 느그 막내이 삼촌이 되게 아팠거든. 생전에 무슨 약을 해도 안 낫는 기라. 느그 할아버지가 업고, 나는 걸어서 따라댕기고, 영천을 다 댕겨도 안 되고. 그래 대구꺼지 갔다가 온 데 댕겨도 안 되제.

아(아이)가 워낙 아퍼 죽는다 하니까 내(늘) 그거 업고 병원 댕기고 한다고, 느그 아버지 고등학교 시험 치는 그거를 생각을 안 했다니까. 느그 아버지도 지 동생이 죽네 사네 하는데 시험 칠 정신이나 있나.

그래 내가 "니 고등학교 시험을 쳐야 되는데 어떻게 하노?" 하니까, 나제(나중에) 무슨 시험[재수 또는 검정고시를 말하는 듯] 치면 된다, 이라더라. 느그 아버지가 쫌 애상(애정)이 많디라. 그러그러 아[아이, 셋째 아들] 좀 낫고, 지[둘째 아들]가 "내 대구 가서 내 벌어서 고등학교 공부 할 거니까 걱정하지 마라." 그래 대구로 갔다니까.

느그 큰고모[둘째 딸]도 국민학교 졸업하고 대구로 갔다. 집안 사람 하나 대구 거 방직회사 댕기는 사람 있었다. 먼쪽 일가지 뭐, 촌수는 없었다. 그래서 대구 거 삼호방직에 말로 해줘갖고 큰고모 거 보냈다. 느그 큰고모는 가정에 쫓이고[가정 형편이 좋지 않고] 내가 아프고 이러니까, 지 속으로사 중학교 가고 저벘지(싶었지). 그래도 가고 접다꼬 안 하고 대구 가더라.

느그 작은고모[셋째 딸]는 중학교도 가고 싶고 고등학교도 가고 싶고, 그래 공부가 하고 싶었다. 그랬는데 돈이 없어서 몬 시켰다. 느그 막내이 삼촌 공부 시긴다꼬, 아들이라꼬 더 갈친다꼬(가르친다고) 그랬디, 그건 또 지가 하기 싫어서 몬했다. 우로는[두 딸은] 돈이 없어서 학교를 몬 보내서 몬하고, 밑에는[셋째 아들은] 지가 하기 싫어서 몬하고 그랬다.

느그 막내이 삼촌 그림은 잘 그린데이. 느그 할아버지가 그림을 잘 그랬고, 느그 삼촌도 그림을 잘 그랬어. 오새 같으면 그림만 잘 그래도 [상급학교도 가고] 마이 배았을 거야.

그때는 그림 그리는 사람을 환재이[환쟁이]라 그랬다. 환재이 마누라는 솥 쉬어놓고 바랜다[남편이 양식을 언제 벌어올까 하염없이 기다린다는 뜻] 했다. 그림 그리는 거는 껄밧은(게으른) 놈이 하는 거지 아무나 하는 거 아이다 하면서, 빌어묵는다고 몬하구로 했다니까.

느그 막내이 고모[넷째 딸] 놓고[1965년] 내가 병을 얻었는 거야. 그해버텀(부터) 아파가지고 내들(항상) 시랑고랑(시름시름) 아팠잖아. 그래놨디 느그 작은고모가 그랬다.

"가스나 요것[넷째 딸]만 안 낳았으면 엄마가 안 아플 거로."

앤 낳았으면 앤 아팠을지 모르지. 생겼으이 할 수 없지. 그래 낳았지. 느그 막내이 고모 나던 해에 덕정 거 집 지어서 와가지고, 제와(겨우) 두 핸강 사다가 느그 증조모님[시어머니]이 돌아가셨다.

느그 막내이 고모가 중학교는 덕정 있을 때 거서 집에서 댕겼다. 고등학교는 느그 작은고모가 부산에 데려가서 공부를 시겼다. 그때는 느그 아버지도 그라데.

“내한테 보내든동 수야[셋째 딸 이름]자테 보내든동 보내라. 마카(전부) 우리 형제들이 막내이 그거 하나사 어째 시겨도 공부 앤 시기겠나.”

지[넷째 딸]한테도 물었지.

“대구 언니[둘째 며느리]자테 갈래, 부산에 언니[셋째 딸]자테 갈래?”

월께(올케)가 암만캐도(아무래도) 쫌 앤 만만은 갑더라꼬[불편한가 보더라고]. 부산에 언니자테로 갈라 하더라꼬. 그래서 느그 작은고모자테 말했지.

“[막내가] 갈라 하는데 니가 어얄래? 델고 갈래?”

“그래, 내가 델고 가께.”

느그 작은고모가 막내이 고모 고등학교 시갰다(시켰다). 막내이 고모 거서 졸업 맡던 해[1984년], 우리도 부산으로 내려갔잖아.

8

딸을 시집보내고

"인자 술 하지 말자. 나도 힘들기도 힘들고 마 겁도 나고, 이제는 하지 마자. 다들랬으면 당신 우예 될로? 동네 사람이 해도 몬하구로 해야 될 판인데, 동장 집이 해놨으면 어짤 뻔했노. 이마이 송기하고 이거를 해가지고 조상인들 어디 팬케 음감하시겠나? 하이고, 더 힘든 짓은 하지 마자. 술도 하지 말고 누룩도 하지 말자. 사서 쓰자. 이거 안 되겠다."

"덕은 딸 덕을 더 보면서"

느그 큰고모[둘째 딸] 대구 거 방직회사 가 있을 때, 작은 고모[셋째 딸]도 거 가서 일 년인가 이 년인가 있었다. 느그 작은고모는 학교를 보낼라 하니까 너무 돈이 없는 거야. 그래가지고 제와(겨우) 국민학교마 시켜가지고, 중학교는 몬 보냈다. 지는 공부를 하고 저버서(싶어서) 그래도.

그때는 또 아들딸 되게 구별을 했거든. 가르치는 것도. 그때 여자들이 요새같이 사회 일로 봤으면사, 남자든 여자든 재주 있는 놈 더 마이 가르친다꼬 했지만, 그때는 여자는 요새같이 할 기 없는 거야. 아무것도 할 기 없어. 남자들이라야 밖에서 뭐 일할 수가 있으니까, 머시마자테(한테)만 더 신경쓰고.

느그 작은고모도, 막내이 삼촌[셋째 아들] 공부 시긴다고 그래 중학교도 안 보냈잖아. 그래놨디 느그 작은고모가 나제(나중에) 그라더라.

"아들 더 갈챈다꼬(가르친다고) 하디 소양(소용)도 없다.

덕은 딸 덕을 더 보면서."

옛날에는 그래도 마카(전부) 아들, 아들, 그랬거든. 맛있는 거 있으면 숨가(숨겨)놨다가 아들 더 주고 그랬거든. 나는 음식 가지고 차별은 안 했다. 밥 할 때 쌀 좀 안치면 다 같이 섞어가지고 줬다.

인자 젖 떨어지는 아[아이, 넷째 딸] 그거는 보리밥 억세서 몬 무니까, 고거는 요거만치(만큼)만 무면 되니까 쌀밥 한 숟가락 떠서 미개고(먹이고). 그다음에는 할매[시어머니] 머여(먼저) 쌀 좀 섞어서 [밥그릇에] 뜨고, 그다음에 느그 할아버지[남편] 밥 뜨고, 그다음에는 다 같이 섞어가지고 떠줬다.

한번은 느그 고모 둘이[둘째 딸과 셋째 딸] 국민학교 댕길 때, 그래 도시락을 싸줬어. 내들(항상) 쌀을 마이 섞어서 해 줬는데 점점 쌀이 더 멀어지는[부족해지는] 거야. 쌀을 쪼매끔(조금) 안쳐놓으니까 할매[시어머니]하고 느그 할배[남편] 하고 둘이 떠줘뿌고 나면, 즈그 도시락은 고 밑에 보리밥밖에 앤 남는 거야.

그래 느그 큰고모는 보리밥이라꼬 안 가져갔다. 도시락 안 싸간다. 느그 큰고모가 얼매나 모지디라(모질더라), 야무지디라. 느그 적은고모는 언니따라 덩달아 안 가져가는 거야. 하루 안 가져가서 있어 보니까 배고프거든. 점심을 굶고 다른 아(아이)들 밥 먹을 때 밖에 나가서 수돗물 떠먹고 종드르(종일) 있다가 오니까 배고픈 거야.

그래가지고 느그 작은고모가 "머시마라고 어르드르(귀하게) 키아도 별 수도 없다." 그란다.

"느그는 그런 생각 했나? 나는 앤 그렇게 한다꼬 했는데. 먹는 거까 머시마, 딸아 차별한 거 없다. 키우는 데도 내가 느그 외할매[구술자의 엄마] 하도 영채가 디가지고(엄해서) 나는 앤 때리고 키울라고 작심을 했는 사람이다. 느그만치 앤 맞고 크는 사람도 없다, 야야(얘야)."

"그거는 그래."

나는 아(아이)들 궁디 부리키도록(부르트도록) 때려본 적이 없다. 느그 작은고모는 하도 장 가는 데 따라올라 해서, 회초리 들고 울림장(으름장)만 놓고 그랬지. 그래도 내(계속) 따라오다가 내 돌아보면 지 저꺼지(까지) 돌아가고, 내 또 돌아서서 장 가는 길로 가면 또 따라오고. 그래서 오다가 오다가 지 싫으면 가지 싶어가지고, 마 내가 재 너매(넘어) 가뿐다.

내제(나중에) 그쪽 길로 오는 사람한테 아(아이) 봤느냐꼬 물으면은, 집에 가더라, 이라데. 꼴짝질(산골길)에는 외통으로밖에 없으니 [길] 일글(잃을) 택[턱]도 없지. 만날 즈그 오빠들 소풀 비는(베는) 데 따라댕기며 길은 알아. 내가 가직게(가깝게) 뭐 하러 갈 때는 따라가고. 밭에는 가면 데리고 가잖아.

그래 작은고모 국민학교 졸업 맡고, 본대(본디)는 공장에 앤 보낼라 했어. 나도 아프고, 농사짓는 데 아(아이)라도 쫌 붙들어주고 하면 낫지. 지가 방 소지(소제)라도 하고, 집에 꺼라도(집안일이라도) 하면 낫지 싶어서 앤 보낼라 했다. 그랬는데 지가 벌어가지고 공부를 한다 하면서 갈라 하데. 그래 대구 느그 큰고모자테 이야기해놨디, 오너라 하더라꼬.

"엄마 여 보내라. 요새 시험[입사시험] 어렵다. 시험 쳐서 떨어지면 지 [다시 고향으로] 가겠지."

그래서 보냈디만은, 시험에 합격했다 하면서 옷 가지고 온느라 하더라. 내 느그 큰고모자테 그랬지.

"니, 시험 쳐서 떨어질 거라 하디?"

"그케, 나도 그래 생각했는데 걸랬단다. 걸랬다고 모레버텀 출근하라 큰다."

그래서 느그 할아버지가 옷 갖다주러 갔다. 내가 마 속이 상터라(상하더라). 이노무(이놈의) 꺼 아(아이) 쫌 키아(키워) 가지고 편할라나 싶었디, 그거라도 심부름 좀 시키고 하면 나을 낀데 옌들것(젠장) 속이 얼매나 상터라. 그래 마 아픈 것도 아프고 짜증을 냈다.

첩때는(처음에는) 대구 가서 느그 아버지[둘째 아들]캉 큰고모캉 방 얻어서 있는 데 거 서이(셋이) 같이 있었다. 쫌 같이 있디만은 오빠니까 좀 안 만만잖아[불편하잖아]. 옷도 갈아입어야 되지러, 여름에 더블(더울) 때는 옷도 쫌 벗어야 되지러. 그래놨디 느그 아버지가 따로 [동생들] 방을 얻어줬다.

한 핸강 두 핸강 그래 있다가 느그 작은고모는 내르와가지고 부산으로 갔다. 즈그 친구가 일자리 있으니까 부산으로 가자 해놓으니까, 지도 부산으로 갈라 하데. 그래 부산으로 갔다.

밀주 단속반을 속인 명연기

느그 큰엄마[첫째 며느리] 시집오고(1970년), 누룩을 해가지고 놔두고 내가 밭매러 갔어. 느그 할아버지[남편]는 면에 볼일 보러 가뿌고 없었지 시프다. 느그 큰엄마하고 큰아버지[첫째 아들] 있는데, 그 우에 누가 내르오는 사람이 우리 집에 와가지고 이야기를 해줬어. 저 우에 술 디배러(뒤지러) 왔으이 누룩이나 술이나 감직어라꼬(감추라고).

그때 느그 할배가 동장질로 하는 데다가 누룩을 다들랬으면(들켰으면) 우예(어떻게) 되노? [나: 그때면 박정희 정권 때잖아요.] 어. 그때도 술 몬 해묵구로 했거든. 그라고도 한참꺼정 그랬을 거야[박정희 정권은 1965년부터 양곡관리법을 통해 가양주를 금지했다].

옛날에 마카(전부) 걸어댕길 때는, [단속반이] 아랫동네 머여(먼저) 오면 거 거쳐서 올라가는 사람이 웃동네 가 연락을 해주고, 웃동네 머여 오면 아랫동네 사람이 웃동네 볼일 있어서 갔다 오는 걸음에 또 말로 해주고 그랬어. 거 황수

탕이 있어가지고 내(늘) 올라가고 내르가고 댕기는 사람이 많거든.

길 가는 사람이라도, 마실 사람이 "저 아랫동네 가거든 여술 디배러 왔다꼬 내르가는 걸음에 가 말해주세이." 그러면 그래 말로 전해주는 거야. 그래서 [누룩이나 술이] 있는 사람은 미리 감직어라꼬.

누룩 해서 띄울 때, 술 마이 해야 될 고런 조금에(시기에) 그 사람들[술도가 사람들]이 고발을 하는 거야. 만약 우리가 논을 맨다든가, 모를 숨갔다든가, 설, 팔월[추석]이라든가, 대목 밑에(직전에) 고럴 때. 밀 가을해서(수확해서) 국수 뗴고 무거리 가지고 누룩 하고, 고 하는 짬(때)을 알거든. 술도가 하는 사람들이 다 그걸, 언제 어예(어떻게) 하는지 시기를 안다니까. 그래서 고발을 하는 거야.

모 심굴 때, 논맬 때 놉 해서 일할 때는 농사 [일이] 많으니까 술 줘야 되고, 제사도 써야 되고, 내들 [술도가에서] 받을라 하면 돈이 마이 들거든. 그래 집에 식량 있는 걸로 누룩 망글면(만들면) 되고, 누룩 그거 띠아서(띄워서) 술 해가지고 먹는 거야.

아이고 무세라(무서워라), 옛날에 술 해서 송기한(마음 졸인) 일로 생각하면 엉기난다(지긋지긋하다). 그래가지고 한번씩 지내가면 몸서리가 나고…….

그래 내가 밭매고 오니까, [단속반들이] 아직 안 가고 그짝 집에[옆집에] 가서 디배다가, 또 우리 집 디배다가 왔다갔다 해. 여름에 비가 마이 와가지고, 저짝 집, 우리 집 사이에 담이 한 쪼가리가[일부가] 뭉개졌어. 뭉개져 있어놨디 그거를 넘어갔다가 넘어왔다가 질(길)이 돼 있더라꼬. 그짝 집 갔다가 넘어오는 걸 내가 웬 사람인공 싶어서 보니까, 건네(건너, 옆집) 사람이 술 디비러 왔다 하더라꼬.

느그 큰엄마하고 큰아버지하고는 둘 다 마루에 서서 그 사람들 이쪼 가는 거 저쪼 가는 거 보고 둘이 서 있네? 마 하던 일로 하면 덜 수상스러블 거 아이가.

"야들아, 와 이래 서 있노? 점심 묵자. 감자 앤 삶았나?"

"삶아놨디더."

느그 큰엄마가 그라고 부엌에 밥하러 간다꼬 드가고. 밖에, 수도 거기 있을 때니까, 내가 낯을 쉬고 일나니까, [단속반이] 그짝 집 갔다가 그쪽 모티(모퉁이)로 돌아 나오더라꼬.

"누군교?"

"예, 우리 세무서서 나왔심더."

"아, 예. 세무서 나왔으면 술 디배능교?"

"예."

"술 디배면 우리캉(랑) 거리가 먼데. 우리는 삼대로(삼대가) 술이라꼬 안 묵는데, 밀밭 근처에도 몬 가는데. 마이 디배보소."

아랫바아(아랫방에) 누룩 놔두고 우예 그런 소리가 나오겠노? 그카골라(그러고는) "야들아 감자 삶아놨거든 가온느라." 하니까 그래 감자를 퍼 왔데. 내가 그 사람들인데(한테) "감자 하나 잡사보소." 그라니까, 즈그가 보니까 내가 너무 편케 말하는 거야. 날로 빼이(빤히) 쳐다보더라고.

한 사람이 "이 집이가 동장 집이란다. 마 가자." 이라데. 동장 집이니까 법에 위반되는 거는 안 할 거야, 그래 생각하는 거야. 감자 하나 무보라 하니까, 윗으메(웃으면서) "마이 드시소." 하고 가더라꼬.

그래 가뿌고, 느그 큰엄마인데 물었지.

"느그 누룩 어옜노?"

"저쪼 치아놨니더. 하머(벌써) 맺 시간을[과장인 듯] 저쪽 집 갔다가 우리 집 왔다가 내(계속) 담을 넘어댕기고 왔다 갔다 댕겼니더."

"치아놨으면 없으면 가지, 와 그칠(그렇게까지) 댕기노? 그래 어디 갖다 놨노?"

느그 큰엄마캉 큰아버지캉 스텐(스테인리스) 다라이 크다난 거를 갖다놓고 거다 [누룩을] 좌(주워) 담아가지고, 뒤안(뒤꼍)에 누베(누에) 꼰치(고치) 짓도록 올렸는 섶*이라꼬 있어. 제물(썰어놓은 볏짚)을, 짚을 사래서(썰어서) 해놨는 거. 엉긋엉긋한 게 누베 집 짓는 거야. 그 밑에다 갖다 여(넣어)

* 누에가 올라 고치를 짓게 하려고 차려 주는 물건. 수지 섶, 판지 섶, 새끼 섶, 나무 섶, 발 섶 따위가 있다.

놨더라꼬.

그래가지고 갖다 여놓고, 누룩 담어놨던 짚북데기*를 끄집어내뿌고 실어뿌랬으면(쓸어버렸으면) 괜찮을 낀데, 뿌시래기(부스러기) 떨어져 있는 데 누룩 놔뒀는 태가[흔적이] 있는 거야. 그거를 그양 놔둬놓고 누룩만 치았는 거야.

느그 큰엄마가 끌어내삐자(긁어내 버리자) 하니까, 느그 큰아버지가 "그 사람들[단속반] 지나가뿌면 다부(다시) 갖다내야 되니까 마 여다 놔두자." 하더란다. 그런 쉬건(소견, 생각)이 어딨노? [누룩이] 거기 있았는 거를 알면은 어디 감찼는공(감췄는지) 더 찾을 거는 사실이잖아.

내가 누룩 있던 바아(방에) 와봤거든. 아랫바아(아랫방에) 와보니까, 내라도 찾겠어. [누룩] 밑에 깔어둔 짚하고, 있던 자리도 [표가] 나제, 누룩 뿌시래기도 흘러 있제. 증거가 거암만 있어도 누룩을 찾어야 자기네가 가주가지. 그러이 시체 없는 염은 몬하는 거야[의심은 있어도 증거가 없으면 죄를 물을 수 없다는 뜻].

내가 집 뒤에 가니까, 다라이가 이래 여풀떼기(옆) 정히(바로) 비더라꼬(보이더라고). 내(계속) 글로 넘어갔다 넘어왔다 하면서도, 눈에 삐죽이 비는데도 그걸 모르고 갔더라고. 내 보니까, 내 손을까(손으로) 디새도(뒤집어도) 히떡(벌떡) 디새

* 짚이 아무렇게나 엉킨 북데기.

지는 그거를.

"야야(얘야), 쉬건이 있나 없나. 찌끄라지(찌꺼기) 금방 끄직어내뿌지. 한 번 와 보고 [흔적이] 없으면 갔을 텐데."

그래 내가 느그 큰아버지 마라캤잖아(야단쳤잖아). 그게[흔적이] 있으니까 암만캐도(아무래도) 집 안에 어디 있지 싶었는 거야. 그 뒤에 산비얄(산비탈)에 글로도(그리로도) 다 올라가보고 그랬다. 그래도 그게 안 다들랬다니까. '동장 집이니까 몬하구로 하는 건 안 했지' 이런 생각이 들었는가 봐.

그래 보내놓고는 "하이고야, 조상도 없다 소리 모하는갑다. 조상 위한 누룩이놨디[제사에 쓸 술을 빚기 위한 누룩] 그 사람들 오는데 눈을 가랐는갑다(가렸나 보다)." 그랬다. 조상이 막아냈지. 빼이 비는 그거를 앤 보고 어예.

그때 사람 서이가(셋이) 와가지고, 그 우에 두 집 다들랬다 하더라고. 그래서 내가 느그 할배더러 그랬다.

"인자(이제) 술 하지 말자. 나도 힘들기도 힘들고 마 겁도 나고, 이제는 하지 마자. 다들랬으면 당신 우예 될로(되겠나)? 동네 사람이 해도 몬하구로 해야 될 판인데, 동장 집이 해놨으면 어짤 뻔했노. 이마이 송기하고 이거를 해가지고 조상인들 어디 팬케(편하게) 음감(조상이 음식을 맛봄)하시겠나? 하이고, 더 힘든 짓은 하지 마자. 술도 하지 말고 누룩도 하지 말자. 사서 쓰자. 이거 안 되겠다."

그때는 다들래면, 지금 말할 겉으면 신분이 낮아진다 해야 되나? 그래 됐다니까. 그라곤 술 안 했다. 그라고는 누룩도 안 하고, 명절 때 되고 제사 때 되면 두부는 해묵어도 술은 받아서 썼다.

술 그것만 안 해도 얼마나 팬은고(편한가) 몰라. 누룩 해서 손길(손질)하고 띠아야 되제, 그기 또 차븐(찬) 데 놔놓으면 되지도 안 해. 띄우는데 거도 방 온도가 맞어야 잘 뜨는 거야.

요새 테레비에 보면 옛날 술 한다 해쌌는 데 나오면, 누룩 망글어서(만들어서) 띠아서 앤 묵나? 우에 덮어놓을 때가 있고 뱃기놓을 때가 있고 그렇다니까. 그것도 조시를(조절을), 온도를 맞차서(맞춰서) 잘 띠아야 술이 맛있다니까. 누룩이 잘못 뜨면 맛이 없는 거야.

하이튼(하여튼) 그라고는 마 술 안 했다. 안 하고 나제(나중에) 술을 받아서 쓰고 그랬다.

결혼할 땐 다 해주고 싶었는데

느그 아버지[둘째 아들] 결혼해서[1977년] 따로 살고, 느그 큰고모[둘째 딸]는 느그 아버지 결혼해서 미지이[미진이, 둘째 아들의 큰딸] 낳은 뒤에 결혼했지 시프다[1979년].

거서[대구에서] 느그 고모 연애해서 그래 결혼 앤 했나. [신랑감을] 보이 반눈*에도 앤 들더만은[마음에 절반도 차지 않았다는 뜻]. 얼굴도 까마제(까맣지), 키도 쪼매는(조그만) 기, 우리 집에 마카(전부) 큰 사람들만[남편과 자식들이 모두 키가 큼] 보다가 보이 덤부래기(덩치)도 없고.

느그 아버지가 느그 엄마더러 저녁 하라 해서, [딸 신랑감한테] 저녁 해준다고 불렀어. 내[본인] 와서 비준다꼬(보여준다고) 온느라 하니까 왔더라꼬.

느그 아버지가 그라더라고.

"내하고 같이 일하는 사람인데 사람 야무지고 참하니까, 즈그 좋다 하이 마 결혼시깁시더."

"그래 니가 그라니까 어얄 수 없는데, 나는 야야(얘야), 보니까 너무 작고 아이(아직) 고등학생 같은 게 철도 없을 거 같고 글타(그렇다)."

느그 고모보다 느그 고모부가 한 살이 많거든. 느그 고모부는 말띠[1954년생]고, 느그 고모는 양띠[1955년생]고 그렇지 시프다. 느그 아버지가 말로 내(계속) 머시했다[부모님을 설득했다는 뜻]. 느그 할아버지는 느그 고모아재[둘째 사위] 반 마음에도 앤 들었다. 그랬는데 즈그 좋다 하니까 할 수 없이 내가 [허락]해줘야 된다 하니까, 어얄(어쩔) 수 없이 그냥 따라왔는 거야.

* 절반쯤 뜬 눈.

느그 할배는 아(아이)를 결혼을 시킬라면 머 뜻이 맞아가지고 돈 같은 것도 의논하고 해야 되는데, "알아서 해라!" 그래뿌고. 반 마음에도 없는 거를 허락할라 하이 그렇겠지. 자기가 사위 볼라 하는 감이 아닌 거야. 그래서 내가 그랬다.

"똑 내가 데리고 왔는 잭(자식)[다른 남자와 낳은 자식] 같다. 왜 그렇게 못마땅하노? 즈그가 좋다 하니까 어쩔 수가 없잖아. 그래 용이[둘째 아들]가 그라니까 머 그칠 어물기사* 하겠나?"

느그 고모부는 본대(본디) 대구 사람이 아이고 이방** 사람인데, 거[대구] 가서 직조공장, 다후다(태피터***) 짜는 공장 거기 일하더라. 고등학교는 했는동 애 했는동 몰라. 내 딸도 마이 몬 가르쳤는 거, 나무(남의) 아들 짜드르(딱히) 학벌 물어볼 수도 없잖아. [딸은] 국민학교밖에 앤 시갰는데. 즈그가 좋다꼬 결혼할라 하니 할 수 없지.

그래 내가 올라가메 내르가메[대구를 몇 번 오고가며] 느그 엄마[둘째 며느리]캉 고모캉 내캉 서이(셋이) 가서 상이부자리[시부모 이부자리] 맞추코, 느그 고모 이부자리 맞추코, 느그 고모 한복 한 불(벌) 하고, 양장 한 불 하고. 그래도 반지

* 어물다 : 사람의 성격이나 태도가 여무지지 못하다.

** 풍속이나 습관 따위가 다른 지방.

*** 광택이 있는 얇은 평직 견직물. 여성복이나 양복 안감, 넥타이, 리본 따위를 만드는 데에 쓴다.

도 해줬다, 그때.

느그 고모, 내가 아퍼서 하도 고생시갰잖아. 지 일찍이 객지에 나와가지고 돈 버리고(벌고) 하도 고생시켜서, [결혼할 때는] 내가 낌 없이[마음에 아쉬운 것 없이] 다 해줄라 했다. 근데 그것도 그대로 안 되더라. 목걸이 같은 거는 해주지도 몬했다.

그래 거서[대구에서] 결혼해서 신혼살림 차래 살았잖아. 사니까, 마카 거 [신랑] 친구들이 대구 거 나와서 취직해서 같이 마이 있으니까, 일하면서 월급을 나오면 누가 누가 월급 언제 타는 걸 아는 거야. 월급 탔다 하면 월급 탔다꼬 [술을] 한잔씩 무뿌는 거야. 돈 다 [집에] 들라도(들여다 줘도) 그거까(그것 가지고) 한 달 살까 말까 한데 술 묵고 써뿌는 거야.

차례차례로 월급 타면 친구 어불래서(어울려서) 한잔씩 무아뿌고, 미리 무았는 거 또 빚 갚아야 안 되나. 그래 느그 고모가 가마이(가만히) 생각하니까, 여기서는 이랄따나는(이러다가는) 밥도 몬 물따(먹겠다) 싶어가지고, 느그 큰아버지[첫째 아들] 여기[포항] 와 있으니까 큰오빠 있는 데 연락을 해가지고 거기 일자리 좀 소개해달라꼬 그랬는 거야.

그때도 취직하기가 애라벘거든(어려웠거든). 회사는 작지러(적지) 신청하는 사람은 많지러. 그때는 시험 쳐서 오라 하면 바로 거 대기하고 있다가 들어가야 되지, 안 그라면 [일자리를] 또 딴 사람 조뿌는(줘버리는) 거야. 사람이 하나둘 신청해놓고 있나. 시험 쳐놓고 내일모레 온느라, 그런 것도 아이야. 그러니까 어디 회사 온느라 클 때꺼지 포항 여 와서 대기하고 있어야 되는 거야.

그래 느그 고모부가, 느그 큰엄마[첫째 며느리]하고 큰아버지하고 방 하나 얻어서 있는데 거 와가지고, 처남남매 간에 한 바아(방에), 느그 큰엄마하고 고모부하고 한 바아(방에) 매칠로 살았다. 오늘 오라 클지, 내일 오라 클지 모르니까 거서 매칠로 있다가, 그래 인자(이제) 일자리가 나가지고 그래 취직했다.

철이[첫째 아들의 막내 아들] 그거 알랄 때(어린아이일 때) 여 왔거든. 그래 앤 그라나. 강서방[첫째 사위]하고 철이하고는 인연이 깊다. 우리 철이 알랄 때는 억시(몹시) 밸났어(별났어). 그래놨디 내(늘) 강서방이 안고 달리고(달래고). 느그 큰엄마 밖에 빨래 쉬고 일하고 할 따나(할 동안) 알라 보고 그랬단다. 며칠로 있다가 발령받아가지고 느그 고모 [포항으로] 내려왔잖아.

내려오는데, 돈 오만 원 가지고 왔단다. 마카 여 포항 오면 오만 원 가지고 오는 게 머신갑다[공통점인가 보다]. 느그 큰아버지도 오만 원 가지고 왔잖아. 그래도 느그 큰아버지는 돈은 오만 원 가져와도 양식은 몇 달 물 꺼 쌀로 한 가마이(가마니)하고 가져왔잖아. 근데 자들은[둘째 딸네는] 양식도 없었어.

너무 [재산이] 없어서, 와서 사느라꼬 애무왔다(애먹었다). 그래도 느그 큰아버지가 소개해서 와서 몬살았으면 더 저거 안 하나[민망스럽지 않나라는 뜻]. 우예(어떻게) 나부대도[바쁘게 살았다 해도] 즈그 밥 물 만치(만큼)는 벌었잖아. 젊을 때 밥 물 만치 벌어서, 지끔 앤 벌어도 밥은 묵고 살 거야.

열두 시간 만에 깨어나다

내가 담석증 알거(앓아)가지고 느그 집[둘째아들 집]에 가서, 대구 동산병원에 거 가 수술도 했다. 느그 할매[본인] 야야(얘야), 이야기할라면 끝이 없다.

자다가 아파가지고 또딱또딱(데굴데굴) 구불고(구르고). 그 병은 딱 밤으로 아픈 거야. 담석증 그게. 내(늘) 병원 댕기고 해도 안 되고 그런 거야. 첩때는(처음에는) 의사도 담석증인 줄도 모르고, 음식 잘못 먹어서 식중독 걸렀는지, 이라더라고. 여 포항 병원도 두 군데나 세 군데나 갔다. 가도 몰라. 담석인 줄 모리더라고.

그래가지고 대구 동산병원에 가이, 과장이 사진 찍어가지고 보고 담석이라 하면서 수술 빨리 해야 된다 하데. 지금 안 왔으면 수술도 못 한다 하면서 그라더라. 그래 금방 거서 [수술 날짜를] 정했다. 그래가지고 오늘 가서 입원했으면은 내일인강 모렌강 그래 수술을 했다.

아침 일곱 시에 [수술실에] 드갔는데 저녁 일곱 시에 나왔는 거야. 담석 낀 데 씰개(쓸개)를 띠내고, 근데 이제 또 위가 다 낡어가지고 빵구 나게 됐어. 그러이 그냥 놔두면 이양[그대로] 또 병나잖아. 그러니까 자기네가 그걸 보고 그냥 모 있어서, 위수술꺼지 했는 거야. 고 비내고(베어내고) 꼬매고. 그래 하느라고 재마취 시갰는 거야[마취를 두 차례 했다는 뜻].

그래놨디 생전에 몬 깨어나는 거야. 원창(워낙) 오래 아파가지고 와버렸으니까 힘도 없잖아.

그때 정신이 들어서, [눈앞이] 내(계속) 깜깜했는데 불그리하이 이래 비더라꼬(보이더라고). 가마(가만히) 있으니까 우는 소리가 나더라고. 내가 죽어놓이 우리 아(아이)들이 우는구나, 그래 생각했다니까. 그랬는데, 이래 형광등 불이 왔다 갔다 왔다 갔다 이라데. 아이(아직) 눈에는 잘 보이지도 않고 귀에만 우는 소리가 듣기이(들리니까), 내가 물었다.

"느그 와 우노? 내가 죽었나?"

"엄마 엄마, 인자 엄마가 깨어났다."

느그 부산 작은고모(셋째 딸)가 그라데. 근데 나제(나중에) 보니까 우리 아(아이)들이 우는 게 아이고, 바리(바로) 고쪽 방에 환자가 하나 죽었어. 그래서 거서 죽은 이 데리고 집으로 간다꼬 가족들이 울고. 그래서 우는 소리가 내 귀에 듣기는 거야. 우리 아(아이)들이 우는 게 아이고, 거가 울고 가더라꼬.

그래서 깨어났디 나중에 간호사가 그라더라꼬.

"하이고, 아드님하고 딸님하고 참 대단하니데이. 우리가 병원에 이렇게 있어봐도, 이마이 환자자테(한테) 신경쓰는 사람들은 못 봤니더. 마취 깨서 나오도록, 아무것도 안 묵고 그 자리에 그양 서 있었니더."

그래 느그 아버지[둘째 아들]하고 느그 작은고모하고, 느그 할아버지[남편]하고, 내 깨어날 따나(때까지) 내(계속) 지키고 서 있었단다. 아침에도 아무것도 앤 묵고 거 가서 바랐고(기다리고) 섰는 기, 저녁 일곱 시까지 아무것도 안 묵고 서 있었단다. 느그 할아버지도, 아(아이)들도 밥을 안 묵고 있으이, 느그 할아버지만 무러 갈 수가 없잖아. 그래서 있었다.

병실에 와 있었디, 거 가스[방귀] 나오기 전에는 밥도 주지도 안 하데. 입술은 다 긁지고(헐고) 터서 피가 나고 뭐 물수도 없고. 가젯베로(거즈 천을) 물에다 적셔서 고거를 물래 주더라꼬. 그래 있으니까 과장이 와 보골라(보고는) 그라더라고.

"세사(세상에) 여 입술이 이렇게 부리키(부르터) 터져서 피가 나고 하는데, 왜 약도 쫌 안 갖다 발라주고 이래 놔두노!"

막 그 간호사를 마라카더만(혼내더구만). 그래서 거 갖다 발라주니까, 첨에 하로(하루) 바르니까 덜 쪼이고[당기고] 살 거 같더라꼬. 그래가지고 바르라면서 하나 갖다주데. 그래 고거를 바르니까 낫더라꼬. 그래놨디, 하 여 윗사람도 있어야 한 번씩 와봐야 되는구나, 싶으더라꼬.

주사도, 내가 혈관이 약해서 쫌 바늘이 큰 거는 마이 드가니까(들어가니까) [혈관이] 터지더라꼬. 터져갖고 또 불룩하이 그랬다. 그래놨디 간호사 말고, 간호사 중에 젤로 머시한 [지위가 높은] 사람 있데. [나: 수간호사요?] 그래, 수간호사. 그 사람이 가는 바늘로 가져와가지고 놔주데. 그래 놔주면 아프기도 덜하고 드가는 것도 잘 드가고.

그래 거서 물또 안 묵고 일주일 있었다 아이가. 맹장염 같은 사람 이런 사람들은 오디(오더니), 이양(금방) 갱생이 되더라꼬. 나는 워낙 힘이 없어놨디, 그래 내가 간호사인데(한테) 그랬다.

"나는 수술이 잘못됐나? 우예(어떻게) 됐노? 왜 이렇게 내가 힘이 없고 갱생을 몬하노?"

"하이고 아지매, 아지매 마취 깨어났는 거만 해도 천만다행인 줄 아소."

왜 그러냐 하니까, 마취를 두 번이나 하고 수술을 했으니까 시간은 늘어지고, 환자가 원창 힘도 없제, 그래서 자기네들도 몬 깨어나는강 싶어서 마이 신경 썼단다.

그래 느그 작은고모 그게 내인데 효녀지. 부산에서 지 하루 일 다 제쳐놓고 내인데 와가지고 밥도 몬 묵고……. 아(아이)들도 고생 마이 했지.

자식들 결혼 이야기

느그 작은고모[셋째 딸], 할아버지[남편] 병원비하고 내 생활비하고 다 댔다. 그때 느그 큰아버지[첫째 아들]도 월급 받아가지고도 아(아이)들하고 사는 게 머시제[빠듯하제], 느그 아버지[둘째 아들]도 부도 나가지고 빚쟁이들한테 쪼이가지고 사는 게 말도 아이고 그랬제, 느그 큰고모[둘째 딸]도 첨에 여 포항 와서 고생 마이 했다. 막내이 삼촌[셋째 아들]도 지 벌어서 지 묵어도 방세도 없어서 내(늘) 그래 살았다.

느그 할아버지 [건강이] 안 좋다 해가지고, 느그 작은고모가, 엄마 생활비하고 아버지 병원비하고 내가 어예(어떻게든) 댈 테니까 아버지 일하지 마시라꼬 그래서 거 부산에서 일 년을 살았다.

누가 내 생활비 하나 줄 사람이 없었다. 그래 느그 작은고모가 할아버지 병원비 다 대고, 내 생활비 다 대고, 느그 막내이 고모[넷째 딸] 고등학교 공부 다 시갰다. 내가 부산에 이사 갈 때, 느그 막내이 고모가 졸업반이었어. 나중에 포항여 이사 와 있어도 내들(항상) 생활비는 느그 작은고모가 댔다니까.

그라다가 느그 할아버지 돌아가시고 난 뒤에 느그 막내이 삼촌 결혼을 시갰다. [1986년] 이월 달에 여 포항에 이사를 와가지고 섣달[양력으로는 1987년 1월]에 돌아가셨잖아. 아무리 약을 해도 뭐 효과가 있나. 아예 병이 낫는 병이 아니니까 할 수 없는 거야.

느그 할아버지 영채가 디니까(엄하니까) 살아 계실 때는 이야기를 몬하고, 돌아가시고 그 뒤에 느그 작은고모가 동생들자테(한테) 이야기를 하더라고.

"누나 때문에 결혼 몬했다, 언니 때문에 결혼 몬했다, 하지 마라. 느그는 다 [만나는] 사람 있으니까 결혼해라. 나는 내가 언제든지 가고 싶으면은 내가 알아서 할 챔이니까 날라(나는) 없는 택(셈) 쳐라. 누나, 언니 결혼 안 하고 있어가지고 [결혼 상대자에게] 미안타, 이런 거는 하지 마라. 내가 하기 싫어서 안 하는 거니까."

그래서 느그 할아버지 섣달에 돌아가시고, 느그 삼촌은 설 쉬고(쇠고) [음력으로] 이듬해 섣달엔강? 결혼했는 달은 잘 모르겠다. 그전에도 숙모가 왔다 갔다 댕겼어. 한 번씩 오면 열흘씩, 보름씩 있다가 갔다. 그래 하다가 나도 아프제 뭐, 느그 큰고모하고 느그 아버지하고 느그 큰아버지하고 마카(전부) 어불래서(어울려서, 한목소리로) 결혼시겨라 해서, 그래 결혼을 시갰다.

느그 막내이 고모는 결혼이고 말고 [이미 짝을] 맞춰서 사이(살고 있으니), 식만 안 올리줬나. 올래주고, 고따가[게다가] 수화[넷째 딸의 아들]가 태어나 있었다니까. 느그 할아버지 돌아가시고, 느그 막내이 고모가 왔다니까. 고때 하마(벌써) 수화가 요만하이(요만큼 커서) 쫓아(뛰어)댕겼다. 두 돌이 지냈는가 모르겠다. 그라이 쫓아댕겼겠지.

그래 지금꺼정(까지) 같이 사는 걸 어떻게 할 수 있나, 아(아이)꺼정 낳아서 사는 거 할 수 있나, 그래 이자(이제) 식을 올래주자 하면서, 결혼을 시갰다. 그라고 나서는 잘 살고 몬 살고[잘 살든 못 살든], 마카 결혼은 시갰다.

9

그립다, 고맙다

아득하이, 어떤 때는 느그 큰아버지 사진을 보고 생각하면 아득하이 그렇다. 느그 큰아버지 사진 쳐다보고, 느그 작은고모 사진 쳐다보고, 내가 한숨을 쉬다가 우다가……. 죽은 자석 생각코 내 울고 있으면 살아 있는 자석들인데 안 좋다 하는데 싫어서, 아이고 내가 이칸다고 살아 오나, 그기 나슬 끼가……. 관세음보살, 관세음보살, 내가 그라고 세월로 냄기고 있다.

남편의 세상 마지막 날

느그 할배[남편]가 마이 머시했다[위중했다]. 느그 큰아버지[첫째 아들] 일 가셔뿌고, 내가 느그 큰엄마[첫째 며느리]자테(한테) 택시를 잡아 온느라 그랬다. 오새(요새)같이 전화가 있나, 콜택시 부르는 그런 것도 모르잖아.

"니가 택시를 잡아 온느라, 야야(얘야). 느그 어른 이래서 주차장[정류장]까지 걸어가지도 몬하겠다."

내가 그라이, 느그 할아버지는 또 택시비가 아까워서. 고 버스주차장이 우리 사는 데서 얼마 안 됐거든.

"조 나가면 버스 탈 낀데 뭘 택시를 부르노? 돈이 마이 있나?"

"돈이 마이 없어도 그꺼정(까지) 걸어갈 수가 없잖아. 아무것도 몬 묵고 걸어갈라 하면 넘어지고, 우리가 빼들고(붙들고) 갈라 그라면 한구다(한 구덩이에, 한꺼번에) 엎어진다. 안 된다."

그래 느그 큰엄마가 택시 불러 왔더라꼬. 느그 큰엄마캉

(랑) 나캉 서이(셋이) 타고 가서, 입원을 안 시갰나(시켰나). 고 앞에 세 번을 입원하고, 고때가 네 번째 갔는 거야. 가니까 의사가 느그 할아버지 진찰해서 느그 큰엄마캉 입원실로 내보내고, 날로(나를) [진료실에] 남아라 하더라꼬.

"인제는 앤 되니더. 멀리 있는 자녀들인데(한테) 연락을 하고 마음의 준비를 하소."

그 소리를 들으이 정신이 하나또 없더라. 병 들어가지고 고생한 일로 생각하니까, 참 몬 고칠 판이면 죽어야 된다 싶었는데도, 막상 앞에 다다르니까……. 땅에 발이 디디캤는지(디뎌졌는지) 안 디디캤는지 모르겠더라. 어지러워서 거 머시[의자]에 앉아가, 한참 앉었다가 정신을 채려서 입원실 찾아갔다.

집에 밥숟가락 걸채놓고 느그 할배가 마이 아퍼서 왔거든. 그래서 느그 큰엄마는 집에 보냈다.

"야야 가서 설거지 좀 하고, 단속 좀 해놓고, 아(아이)들 점심도 주고, 닐라(너일랑) 집에 가거라. 내가 있으께."

느그 할배, 화장실을 간다 하는데 혼자서 비실거리고, 옳게 갈 수가 있나. 가다가 대변을 봤어. 그래서 화장실에 델고 가서 마카(전부) 쉬개고. 옷을 벗겨서 화장실에서 다 머시[빨래] 해놓고, 속옷은 벗어놓고 겉옷만 입혀서 바아(방에, 입원실에) 델다 놨다.

그래 혼자 있어라 하고 나도 집에 왔다. 집에 와가지고 옷

챙겨서 가가지고 갈아입해고. 인자(이제) 진짜로 앤 될랑갑다 싶어서 정신이 없고 허둥지둥 왔다 갔다……. 그래서 느그 아버지[둘째 아들]인데도 연락을 하고 느그 고모부[둘째 딸의 남편] 있는 데 전화를 했다.

부산 느그 막내이 고모[넷째 딸]는 아(아이) 놓고(낳고) 사는데 내캉 연락을 끊어서, 나는 어디 있는지도 몰랐다. 사상[부산 사상구] 거기 어디 있는 줄은 아는데, 주소도 몰랐다. 그래 내가 "연락처도 모르는데 어째 [연락을] 하노?" 그라이, 느그 고모부가 "그래도 아버지가 돌아가시는데 어예(어떻게) 찾아도 찾아서 연락을 해야 앤 되능교?" 그라더라.

그래 괘씸키도 하고 밉기도 하고 글터라고. 그래도 이래 마지막 가는 길에 얼굴도 몬 보면 다시는 몬 볼 거니까 찾아보자 그랬지. 느그 고모할매[남편의 사촌 여동생] 막내이 아들, 진이가 고[사상구] 잩(곁)에 취직을 해서 회사로 댕겼어. 고 연락을 해가지고, 그래 [넷째 딸이] 어디 있은 줄 알면은 지더러 연락을 하라 했지.

그래 부산에 느그 작은고모[셋째 딸]하고 진이 그게 느그 막내이 고모를 찾아서 연락을 했디, 오늘 돌아가시고 내일 낮이나 되니까 왔더라꼬. 아(아이) 데리고 혼차 왔더라고. 감서방[사위]은 안 오고. 그래 왔는 걸 보고 느그 아버지가 그라더라고.

"이참에 인사라도 해야 안 될능교. 아(아이)꺼정 낳아서 하머(벌써) 저마이 큰데 결혼 안 시길 수도 없고, 이참에 마카 모인 직(때)에 남매 간에 만나서 인사라도 하고 그래 하는 기 좋겠니더."

그래서 다시 연락을 했디만은 느그 막내이 고모부가 왔더라꼬. 그래 마카 인사하고, 삼오(삼우*) 보고, 그래 갔다.

"다음 생엔 부잣집 둘째 아들로"

느그 할아버지[남편] 돌아가셔가지고, 삼오(삼우)에 매혼** 을 하자 하데. 내가 너무 섭섭한 거야. 아(아이)들 키아가지고 이자 쪼매 허리 펼 만하니까…… 자기 복이 없으이……. 효도도 받을 여가도 없이 갔는데, 내가 [돌아가신 지] 삼 일에 매혼을 할라 하니까 너무 섭섭하더라고.

생각을 해봐라. 너무 안 섭섭하나. 일찍이도 돌아가셨지 [향년 61세], 자석(자식)들 키아가지고 효도도 한 번 몬 받고, 마카 아이(아직) 하루 벌어 하루 묵고사니까 용돈 한 번 자식들인데 얻어 쓰지도 몬하고. 내가 아(아이)들한테도 너무 섭섭하다꼬 그랬다.

* 장사를 지낸 후 세 번째 지내는 제사. 흔히 가족들이 성묘를 한다.

** 혼백(魂帛)을 무덤 앞에 묻는 일. 장지(葬地)에 모셔 갔던 신주를 하관한 후 평토제를 지내고 나서 무덤 앞에 묻는다.

"느그 바쁘면 삭망* 때도 안 와도 된다. 나무(남의) 집이기나 말기나 내가 사면(살면) 내 집이니까, 백일 매혼[100일간 상을 치름] 하도록 하자."

느그 고모할배[남편 사촌 여동생의 남편]도, "처남댁[구술자 본인]이 그래 할라 그라면 우리가 뭐 더 이상 말할 게 있능교." 그래서 백일상을 내자꼬 의논이 됐다.

내 묵는 밥에, 죽이나 밥이나 끼 때 되면 떠다 놨다가 내가 묵고. 그래도 야야(얘야), 이상하게도 삭망 때 똑 느그 큰아버지[첫째 아들]가 시간 있는 날이 되더라꼬.

백일상 내는 데, 삭망이 몇 번 지내야 앤 되나, 그제? 삭망 때는 똑 느그 큰아버지가 야간[근무] 하고 오는 시간이기나, 이근[교대 근무조 중 두 번째 조] 가는 시간이기나, 시간이 고래 비더라꼬. 느그 할배는 참 욕심 많다니까. 우째 그래 맞차지는지 알 수가 없더라고.

느그 할배 편찮으실 때, 느그 큰아버지가 약을 한 번 지어 왔더라꼬. 어디 약이 좋다 해서 지가 병원 가서 지어 왔더라꼬. 그때는 사람[본인]이 안 가도 가서 이야기만 하면 약을 줬거든. 그거를 먹고 느그 할아버지가 "아이고, 니가 약을 지어 왔나." 그라시더라꼬. 자식들 약 지어 왔는 거를 먹기를 처음 먹은 거야. 자기가 아이따나(아직까지는) 그칠

* 상중(喪中)에 있는 집에서 매달 초하룻날과 보름날 아침에 지내는 제사.

(그렇게까지) 안 아프니까 아파도 만날 내하고 같이 [병원을] 갔거든.

느그 할아버지는 절대로 혼차(혼자)는 병원에는 안 갈라 하데. 온 데로 다 팔팔 다 댕기고 그칠 놀러댕기기 좋아하는 사람이. 느그 할아버지는 [놀러갈 때는] 나하고 같이 가는 거는 싫어했다니까. [병원에] 따라댕길라 하니까 나도 힘들잖아. 나도 몸도 올찮은데(건강하지 않은데) 힘들다. 그런데 병원에는 혼차 안 가는 거야. 내들(항상) 자기는 앉아 있고 내가 가서 접수 시기고.

언제는, 아무래도 오래 몬 살따(살겠다) 싶은 생각이 드나 보더라고. 느그 할배 그라데.

"나는 임자가 이래 델고 댕기면서 치료도 받고 약도 타고 하는데, 임자는 아프면 어얄래(어쩔래)?"

"하이고, 걱정도 팔자다. 나실(나을) 걱정이나 하지. 아(아이)들 다 있는데, 여섯이나 키아놨는데 날 하나 데리고 댕길 놈이 없을까 봐 걱정이가? 언제 가도 하나 머여(먼저) 죽고 [하나] 내중(나중) 죽지, 한날한시에 죽을 수가 있나? 그런 생각 하지 말고 나실 생각이나 하소."

그때는 "그래, 알었다." 이랬는데, 나중에 아무리 해도 낫지를 안 해. 두 번 세 번 [병원에] 갔다 와서는 그라데.

"내가 임자로 애를 너무 마이 미갰다(먹였다). 마이 고생을 시갰다. 어린 나이에 결혼해가지고 부부 정도 모르고 자슥(자식) 정도 모를 때 자슥을 낳아가지고 키우고 하느라 꼬……. 시대도 잘몬 타고 고생 마이 했고 내 따문에도 고생 마이 했으니까, 내 가고 난 뒤에 몇 년 아(아이)들하고 펜케(편하게) 좀 잘 사다가 그래 온느라. 나중에 후생이 있다면은 다시 만나서, 다시 한 번 만나서 살아보자. 그럴 때는 내가 당신 아쉬운 거 없이 다 해줄 끼다."

느그 할아버지도 고생 마이 했다. 고생 마이 했지. 근데 내가 그 소리 떨어지자마자 마, 하도 애미개고(애먹이고) 고생 시긴 기 생각나더라꼬.

"아유, 그런 소리 하지 마라. 나는 안 한다. 아이다, 아이다, 아이다, 아이다. 한평생 살았으면 됐지 무슨 두 평생을 사노. 나는 이생*에 다시 태어나지도 안 할 거야."

"그럼 어짜노(어떻게 하나)?"

"안 태어나면 안 된다는 그런 저승법은 모르잖아, 우리가. 안 태어나면 안 되는 그런 정도가 되면은, 나는 태어나도 여자로 안 태어나고 남자로 태어나서, 부잣집 둘째 아들로 태어나서, 배우고 싶은 거 실컨(실컷) 배우고, 호의호식하고 잘 먹고 잘 입고 그래 한번 잘 살아보고 싶다. 부부 간에도 자기같이 그래 안 하고 살아보고 싶다."

속으로 진저리가 나가지고, 그제? 마 말이 지절로(저절로)

* '이승'을 달리 이르는 말.

티나오더라꼬. 그래놨디 느그 할배가 "내 마음하고 임자 마음하고 다르네." 이라더라꼬.

[나: 돌아가시기 얼마나 전에 그런 얘기를 하셨어요?] 한 일주일 뒤엔가 그래 돌아가셨지. 마이 아파서 그랬더라고. 마이 아파서……. 돌아가신 뒤에 그게 내(늘) 걸리더라꼬. 내가 그랬는 게……. 내가 살았는 거, 지나온 그거[세월]만 생각했지, 내제(나중에) [돌아가시고 난] 훗날을 생각을 못했어…….

그래 돌아가시기 전에 그런 말씀을 했다 하니까, 나중에 느그 엄마[둘째 며느리]가 그라더라고. "어머님 마 속상해도 겉으로는 '그렇게 하자' 하시지 와요?" 그래서 "야야, 말이 어예 그리 나오노?" 하니까, "어머님이 너무하셨니더." 이라더라꼬.

밭을 사둔 이유

그래 느그 할아버지(남편) 돌아가시고 느그 삼촌[셋째 아들] 결혼 시기고 느그 막내이 고모[넷째 딸] 결혼 시기고, 느그 작은고모[셋째 딸]는 결혼 안 하고 뻗대고 있어가지고 그양 있었다.

결혼만 시켜뿌렀으면 이런 일도 없었을지도[치매가 발병하지 않았을지도] 모르지, 그제? 그게 내가 후회다. [나: 그건 아무도 모르죠.] 팔자의 일을 알 수가 있나. 모르지. 결혼하라 하니까 안 하고 지 알아서 한다 그라디, 그래서 저래…….

느그 작은고모는 지 손으로 돈도 마이 버랬다(벌었다). 지가 벌어서 집 하나 사서 혼자 살다가, 그래 병나서, 나중에 지하고 내하고 한 삼 년 있었다. 지 약 묵고 마음 편케 하면 낫지 싶어서. 그래 생각을 하고 있었디, 점점 더한 거야. 점점 더해서…….

여 의자에 앉는다 하는 게, 의자가 미끄러져가지고 땅에 주저앉았어. 그래 여게(여기) 갈비뼈가 금이 났는 거야. 병원에 갖다 입원을 앤 시겼나. 근데 일반 병원에 가서 입원 시길라 하니까 누가 거 시중 들 사람이 없잖아. 간호[간병인을 말하는 듯]꺼정 들여서 할 돈이 있나? 그래 요양병원에 갔는 거야.

고때 갈 때만 해도 지 심부름은 하고 화장실도 혼자 가고 그랬는데, 점점 더하니까 화장실도 못 가고……. 집에 데리고 있었으면 쪼끔 더 나을 낀데. 내가 요양병원에 거 가보니까 환자를 더 망그는(만드는) 거야. 즈그가 귀찮으니까 기저귀 채워서, 일나지도(일어나지도) 안 하고 [대소변을] 싸면 기저귀 빼내고. 즈그들 델고 왔다 갔다 댕기는카머(다니는 것보다) 그기 편한 거야. 환자를 다부(도로) 망그더라꼬.

그래도 그게 날(나를) 생활비 댔제, 느그 할아버지 병원비 댔제, 그래도 그기(그 아이가) 마이 번 택(셈)이지, 그제? 느그 막내이 고모[넷째 딸]도 고등학교 들어가서부터 느그 작은고모가 미개고(먹이고) 입해고(입히고) 데리고 있고 졸업시켰지. 그래 그게[셋째 딸] 너무 불쌍하다, 야야(얘야). 내가 생각하면…… 너무 불쌍하다. 니 [책에] 느그 고모 이야기도 해도 될 수 있으면은 넣어서 해봐라.

그래 느그 큰고모[둘째 딸]가 밭을 한 서너 마지기 사놨는 거 있다. 감나무 밭이야. 본대 그거 살 때는 그랬다. 농사를 지가 앤 지으니까, 지금은 부치는 사람이 따로 있다. 이 밭 사가지고 나(나이) 쫌 더 많거들라 거게 집 좀 크게 지어서 느그 작은고모하고 같이 한 집에 살자 하면서, 그라고 그 밭을 샀다니까.

근데 우선에 버래야(벌어야) 되니까, 밑천이 있어야 집을 지을 거 아이가. 땅을 팔어서 하면 하까……. 이제는 몬하겠지.

가슴에 묻은 첫째 아들

느그 큰아버지[첫째 아들]는 한문 쪼매 읽었다. 한문이라도 읽어가지고 이 이름자는 써야 안 되나 하면서 그래서 느그 할아버지[남편]가 한문 갈채는(가르치는) 선생인데(한테) 보냈어.

[선생이] 딴 동네 느그 할아버지 친구, 동갑인데, 아버지가 학자야. 그래 그 사람이 자기 집안에 아(아이)들로 맺이 갈

챘어. 낮에는 일로 해야 되니까 아침 일찍. 그때는 일고여덟 살 뭇는 것들 소풀도 뜯고, 요만해도 일로 하는 거야. 낮으로는 그 사람도 가르쳐줄 여가가 없으이, 그래 아침에 아(아이)들을 갈채는 거야.

느그 큰아버지도 아침에 여물 사래(썰어)놓고, 소물(소여물) 모다(모아)놓고 배우러 간다. 그래 댕기메 한 해 겨울 배았다.

느그 큰아버지도 느그 할아버지 필체를 닮아서 필체는 참하데이. [큰아버지가 쓴 글을 꺼내서] 느그 큰아버지 제문 써놨는 거 읽어봐라. 이거 보면 내가 눈물이 나서, 그제? 눈물이 나서……. 니가 함(한번) 봐라. 제문 지어놨는 거다.

처갓집에 종처남(처사촌)이 느그 큰아버지인데(한테) 참 잘했어. 그 사람이 돌아가셨어. 백일상 내면[100일간 상을 치르면] 이 제문 지어서 가서 읽어준다꼬 그랬디, 삼 일 매혼해뿌렀다. 마카(전부) 벌어묵는 머시로[벌어먹는 게 먼저라], 양반도 소용없다 그랬다. 삼오(삼우) 매혼 해버려서 이거 몬 가가고(가져가고) 놔뒀다. 저런 것도 읽어봐라. 슬프다. 슬프다. 내가 눈물 나서 몬 읽는다.

[나: 글을 직접 지으신 거예요?] 지었지. 형편에 따라서. 문틀(문형)은 있지. 원 문틀은 있는데 사연은 자기 심정 있는 대로 하는 거야.

처갓집에는 느그 큰아버지가 영 학문이 좋은 줄 안다. 즈그 장인어른 돌아가셔가지고, 제문 지어서 가놓이 읽을 사람이 없어가지고 지가 읽었단다. 느그 큰엄마 친정엄마 돌아가시는버텀(돌아가셨을 때부터) 그래 제문을 적어놨디 [가족들이] 마카(모두) 얼매나 울고, 제문을 어예(어떻게) 이래 잘 지었노 하면서 칭찬받고. 종처남댁이 자기도 엄마가 돌아가셨다고 제문 적어 가야 된다 하면서 그래서 그거를 가주(가져)갔다.

하이고…… 사는 기 사는 기 아이다. 있을수록[시간이 갈수록] 느그 큰아버지 생각이 더 난다. 느그 큰아버지만 있으면…… 느그 큰아버지만 있으면……. 느그 큰엄마[첫째 며느리]도 그래도 쫌 의지가 안 되나.

아득하이, 어떤 때는 느그 큰아버지 사진을 보고 생각하면 아득하이 그렇다. 느그 큰아버지 사진 쳐다보고, 느그 작은고모[셋째 딸] 사진 쳐다보고, 내가 한숨을 쉬다가 우다가……. 죽은 자석(자식) 생각코 내(늘) 울고 있으면 살아 있는 자석들인데 안 좋다 하는데 싫어서, 아이고 내가 이칸다고(이런다고) [아들이] 살아 오나, 그기[딸이] 나슬(나을) 끼가……. 관세음보살, 관세음보살, 내가 그라고 세월로 냄기고(넘기고) 있다.

고생 많은 큰며느리

부산에 가 있을 때 느그 할아버지[남편] 마이 아파서, 이래서 제사도 몬 모시니까 느그 큰엄마[첫째 며느리]자테(한테) [제사를] 모새(모셔) 가라 했다. 추석에 제사[차례] 지내고 설부터는 느그가 지내라 그래라꼬, 제수 그릇하고 마카(전부) [포항으로] 보냈다.

그래 제사 모시고 와가지고 느그 큰엄마 고생 마이 했다. 내가 느그 할아버지 아픈 데 달래(매여) 있어가지고, 제사 때마짐(때마다) [포항으로] 와가지고 가르쳐줄 수가 있나. 첩때는(처음에는) 제사 장을 어예 볼지, 제상을 어예 채릴지, 정신이 하나또 없더란다. 그래 이모[언니]한테 그라더란다.

"하이고 이모님요, 어머님이 애숙하니더(야속합니다). 와셔가지고 어예(어떻게) 하라는 거나 갈채주고 쪼매 채리는 거나 갈채주면 될 낀데……. 뭘 어예 하끼요(할까요)?"

"야 이 사람아, 귀신[조상]은 다 알고 묵는다. 했는 대로 갖다가 마 담아놓고 [제사] 지내라. 그라머 다 귀신이 알아서 묵는다."

느그 큰엄마, 조상인데(한테)는 성심*이 놀랍다. 제수 장만할 때 보면 "야야 쪼매끔(조금만) 해라. 양도 주루코(줄이고) 가짓수도 주루코 그래 해레이. 니 애묵지 말고 해라." 하는

* 정성스러운 마음.

데도 마이 해야 돼. 맞이 되니까 행여나 갈라 무면[형제들과 나눠 먹으려면] 적으까 싶어가지고.

인자(이제) 지가 마이 아프고 지 하는 일마 해도 너무 고달프잖아. 그래 올개(올해) 느그 할아버지[남편] 제사 때는 [음식을 가게에서] 맞찼다. 느그 큰엄마도 어지간하면 그래 안 하거든. 제수는 정성이다 하는 걸 생각하고 하는 안데(아이인데), 지도 언처(오죽) 힘없고……. 느그 큰엄마 갈빗대도 두나(둘) 뿌었다(부러졌다)는 소리 들었제? 다쳐서도 내(늘) 일하러 댕겼제, 집에서 날 거두제, 그래 얼매나 고달프노?

그래서 내가 "오분엘라(이번에는) 마 맞춰서 하자" 하니까, 지도 그래 하자 하데. 제수 채리면서 느그 큰엄마가 "아버님[시아버지, 할머니의 남편]이, 요노무(요놈의) 새끼들 이자(이제) 제수도 안 장만코 정성심도 없다 하시겠다." 그라더라. 그래서 내가 "이마이라도 하는 일이 장따(장하다) 해라." 그랬다.

느그 큰엄마 시집온 지 사십 년 됐다. 사십 년 돼도, 나와서[분가해서] 살았는 거 해봐야, 칠 년인강 고래백에(그렇게밖에) 앤 된다. 갈라져서 살아도 내(늘) 왔다 갔다 했지.

느그 할아버지 매혼하고, 삼촌[셋째 아들] 결혼 시켜놓고, 느그 작은고모[셋째 딸]가 몸이 좀 안 좋아가지고 내가 또 부산에 느그 작은고모한테 가 있었거든. 약도 그때는 탕약으로 지어서 딸렸는(달인) 게 있다. 그런 거를 먹어야 되는

데 지 혼자 있으니까 옳게 묵지도 안 하고, 그래서 내가 쪼매 거다(거둬)주고 있는다꼬 거 갔다. 거 갔디, 느그 큰엄마가 전화가 왔더라꼬. 그래 한테[할머니가 사는 집으로] 들올라 하데.

"어머님 집 비아(비워)놔도 이짝저짝[할머니 집과 큰아들 집 양쪽] 빚을 얻어 했으이 이자도 나가고 그러니까 [살림을] 한테 모루시더(모읍시다). 두 군데 다 세금 내주고 있을 수가 있능교?"

"모룰라 하거든 느그가 내 있는 데로 들와라. 자슥(자식)으는 부모 집으로 들와도, 부모는 자슥 집으로 드가면 안 된단다. 이 집도 나무(남의) 집이고 그 집도 나무(남의) 집인데, 느그 전세 빼가지고 빚 얻어서 했는 거 갚아주고, 내 있던 집에 거 느그가 와 있어라."

알았다 하더라꼬. 그래 내 없어도 즈그가 옮긴다면서 전화를 했더라꼬.

"나중에 느그 후회할라거든 오지 마레이. 나도 혼자 있어도 여 갔다가 저 갔다가 느그 집에도 갔다가 이리저리 댕기고 내가 바람도 쐬고, 아(아이)들도 날 한 번씩 보러 오지러, 느그 근처에 있는 것만 해도 내가 든든하니까 니가 요량 잘 해라. 나는 느그 고상(고생)시키고 느그한테 얹혀서 대접받고 살겠다는 생각은 아이다. 내 아이(아직) 끼래(끓여) 묵고 할 힘 있을 따나(때까지는) 내가 혼자 있든 수야[셋째 딸]자테(한테) 있든 할 테니까, 나중에 후회할라거든 들오지 말고, 느그가 평생 모신다 생각하고 들올라면은 들오고, 느그 좋을 대로 해라."

그랬디만은 한테 있는 기 즈그한테도 수월타 이라더라. "그래 느그 생각이 그러면은 그렇게 해라." 그랬지. 그때부텀도 부모 모실라 하는 사람 잘 없잖아.

느그 할아버지 영채가 디가지고(엄해서) 할아버지 영[말씀]대로 다 해야지, 안 그라면 시끄러버 몬 산다. 지하고 내하고 그중 힘들게 살았지. 너무 지가 힘들게 살았으이, 느그대로 나가서, 느그 마음대로 좀 살아봐라꼬 내가 [살림을 따로] 내줬거든. 그랬는데도 지가 모시고 살겠다고 들왔는 거야.

느그 큰엄마하고 느그 적은엄마[셋째 며느리]하고, 아직까지 내가 머라캐(야단쳐)가지고, 그거 아이다 하면서 눈 흘기고 그런 거 한번 없거든?

여 테레비에 나오는 거를 봐도 즈그 할매 말을 옳게 안 듣는 아(아이)들도 많잖아. 즈그 엄마, 즈그 아부지인데도 말대강 하는 사람 많잖아. 느그 큰아버지[첫째 아들], 느그 아부지[둘째 아들], 느그 삼촌, 이때까지 있어도 아이(아직)까지 할매[본인]인데 괌(고함) 치고 한마디 대항하고 그거 없다. 느그 보듯이. 아이딴에는(아직까지는) 내가 살아도.

내가 일편에[한편] 생각하면은, 느그 큰아버지하고 느그 작은고모하고 니가 보고 듣고 아는 일이 많지만은[큰아버지는 2013년 작고, 작은고모는 치매로 요양병원에서 지내고 있다], 느그 아버지 형제들, 고모들마침(만큼) 내인데 잘하는 집도 잘 없어. 내가 그렇게 몬 살지는 안 했는 것 같다.

기록자의 글 3

할머니의 이야기 곳곳에는 시어머니를 향한 원망이 배어 있었다. 결혼 전부터 엄하기로 소문이 났던 시어머니는 '과연' 무서운 분이었다. 가난한 집안, 고단한 살림살이의 무게만으로도 참 버거웠을 텐데……. 시어머니가 돌아가신 지도 50년이 지났지만, 섭섭한 기억들은 아직도 짙게 남아 있는 것 같았다.

"아들 하나 먼저 [학살로] 일거뿌고(잃어버리고), 그[첫째 아들, 구술자에겐 남편]조차 없으면 무슨 낙으로 살겠노? 내가 더 늙어보니까 느그 증조할매 생각을 더 알겠더라꼬……." (김두리)

시어머니에 대한 원망이 이해로 바뀌게 되는 과정도 확인할 수 있다. 하지만 그 과정이 너무도 가슴 시리다. 시어머니는 한국전쟁 전 민간인 학살로 아들을 잃었다. 할머니 역시 이 구술을 하기 4년 전에 아들이 먼저 세상을 떠났다. 시어머니처럼 '자식 앞세운 부모'가 되고 나니, 보이지 않던 시어머니의 마음이 조금은 더 보이게 됐다. 이 말씀을 하실 때 할머니 손이라도 좀 잡아드릴걸 하는 후회를 지금도 하고 있다.

할머니는 타고난 이야기꾼이었다. 그 진면목이 드러난 대표적인 에피소드가 일제강점기 열다섯 살에 겪은 '파혼 소동' 이야기나, 한국전쟁 때 남동생을 숨겨주기 위해 인민군의 총부리 앞에 섰던 이야기다. 할머니는 당시 공간적인 배경, 주고받은 대화, 사람들의 행동 하나하나까지 실감나게 떠올리며 묘사했다. 그 말씀을 하실 때 할머니의 표정이나 억양 같은 것들을 지면 위에 다 옮기지 못하는 것이 속상할 정도다.

하지만 현재에 점점 가까워질수록 할머니의 기억은 오히려 선명하지 못했다. 1960년대, 어린 자식들을 돌보고 키우던 시절이 그 기점이 될 것 같다. 이후로는 할머니도 말씀하시는 재미를 덜 느끼시는 것 같았다. 아마도 기억에 자신이 없다 보니, 스스로 자신의 이야기 속에 몰입하기가 어렵지 않았을까 싶다. 울고 웃고 흥분하고 속삭이며 다양하게 표현되던 감정도, 현재에 가까워질수록 단조로워지는 것이 느껴졌다.

내용적으로도, 중년 이후에는 할머니 자신보다 자식들에 대한 이야기가 훨씬 많아졌다. 녹취록에는 자식들과 관련된 에피소드가 더 많이 있었다. 하지만 냉정하게 볼 때 할머니의 생애사라 말하기 힘든 내용도 있었고, 자식들 개인의 지나치게 사적인 이야기도 있었다. 그런 이야기들은 적당히

덜어냈다.

자식에 대해서는 좋게만 말씀하시고 싶어 하는 마음도 강했다. 그래서 이야기가 속 시원히(?) 나오지 못한 점도 있는데, 기록자로서는 좀 아쉬운 일이다. 자식들이 속 썩이고 말썽부린 이야기는 거의 없었다. 나도 이래저래 들은 내력이 조금은 있는데, 할머니는 이러나저러나 다 좋았다는 식으로만 말씀하셨다.

자식들에 대해서는 좋은 것만 이야기하고 좋은 것만 기억하고 싶은 마음. 특히 딸들에게는 그 진심이 훨씬 강하게 느껴졌다. 더 가르치지 못해서, 더 잘해주지 못해서, 이제는 더 함께할 수 없어서 미안했다.

"'엄마, 엄마, 나는 나중에 돈 버리면(벌면) 옷마 사 입을끼다.' 지[둘째 딸] 그랬는 기 아이따네(아직까지) 어제 들었는 거 같다……. 인자 지 마음대로 벌어서 지 마음대로 사 입고 뭐. 그기 지끔 몬살면, 옷도 지 입고 싶은 거 몬 입으면 내가 아이꺼정(아직까지) 요[마음에] 걸래 있을 거다."(김두리)

그중 가장 아픈 손가락은 셋째 딸이 아닐까 싶다. 셋째 딸은 50대에 치매 환자가 됐다. 가족들과 떨어져 요양병원에서 지낸 지도 벌써 10년이다. 나에게도 참 아픈 이야기다. 한두 해 전 병원으로 고모를 뵈러 간 적이 있다. 무어라 말씀은 하셨지만 알아들을 수가 없었고, 그보다 나를 알아보시는지도 알 수 없었다. 그저 눈빛과 손짓으로 짐작하는 수밖에 없었다. 떠올릴수록 죄송하고 안타까운 기억이다.

할머니의 마음은 오죽할까. 애초에 할머니가 그 이야기를 제대로 하실 수는 있을지 걱정했다. 할머니가 먼저 말씀하시지 않는다면, 나로서는 일부러 캐물을 수도 없는 이야기였다. 다른 자식들이 어떻게 생각할지도 신경이 쓰였다. 다행히도 할머니는 셋째 딸 이야기가 이 책에 담기는 것이 딸을 위해서도 의미 있는 일이라 생각하셨다. 이제는 직접 전할 수 없는 미안한 마음을 기록으로라도 꼭 남기고 싶으셨나 보다.

"그게 날(나를) 생활비 댔제, 느그 할아버지 병원비 댔제 (줄임) 그게 너무 불쌍하다, 야야(얘야). 내가 생각하면…… 너무 불쌍하다. 니 [책에] 느그 고모 이야기도 해도 될 수 있으면은 넣어서 해봐라."(김두리)

이야기가 현재로 가까워질수록 좋은 점도 있었다. 바로 사투리를 알아듣기가 수월해진 것. 이야기 초반에는 사투리를 알아듣는 것이 정말 힘들었다. 아무래도 옛날 농사일이나 길쌈 등과 관련된 용어들이 많이 등장했기 때문 아닐까 싶다. 표준어로 해도 낯선 용어들을 사투리로 말씀하시니 도무지 감을 잡을 수가 없었다. 국어사전, 방언사전, 백과사전은 기본이고, 방송이나 논문까지 뒤져서 뜻을 밝혀나가야 했다.

그게 끝이 아니었다. 사투리를 어디까지 사투리로 남겨둘 것인가 하는 문제는 끝까지 나를 괴롭혔다. 나도 이해하기 힘든 사투리를 가득 써놓고는 독자들한테 알아서 읽으라고 하는 건 참 무책임한 노릇이었다.

사투리를 표준어로 바꾸는 데는 스스로 많은 타협이 필요했다. 처음에는 사투리를 기록하는 것 자체의 의미를 중요하게 생각했기 때문이다. 경상도 사투리가 나오는 영화나 드라마도 많이 있으니 이 정도는 이해하지 않을까 하는 생각도 들었다. 하지만 영화는 영화고 책은 책이다. 음성과 표정과 행동으로 뜻을 해석하는 것이 아니라 오직 활자로 읽는 것이기 때문에 독자가 뜻을 이해하기에는 훨씬 불리한 조건이다.

기본적으로 경상도 사투리를 모르는 사람들도 맥락은 따라올 수 있는 수준으로 수정하려 했다. 하지만 반대로 경상도 사투리를 쓰는 독자들에게 이건 사투리가 아니라는 위화감을 줘서도 안 되는 거였다. 오래 고민한 끝에, 사투리의 고유한 단어들은 최대한 살리고 몇 가지 기준 안에서 표준어에 가깝게 수정했다.

할머니의 이야기는 "내가 그렇게 몬 살지는 안 했는 것 같다"라는 담담한 한마디로 끝난다. 원래 처음에 정한 이 책의 가제는 〈그래, 살았다〉였다. 구술 중에 할머니는 '그래'라는 단어를 입버릇처럼 자주 말씀하셨다. '그렇게'라는 뜻이다. 다른 뜻으로 '그래'는 "긍정하는 뜻으로 대답할 때 쓰는 말"

이기도 하다.

할머니 구술의 마지막 문장처럼, 할머니가 살아온 90년 인생에 긍정과 존중의 마음을 표하고 싶었다. 기록자로서 느낀 긍정과 존중의 마음은, 희생적 모성에 대한 감사와 존경의 마음과는 분명히 다른 것이다.

"구술사료란 사료로 이용될 수 있는 기록을 남기지 못한 대다수의 평범한 사람들이 역사서술에 참여하여 스스로 말할 수 있도록 하는 기회를 제공함으로써 '아래로부터의 역사' 혹은 '역사의 민주화' 가능성을 열고 있다."(『구술사』, 한국구술사연구회, 선인, 2005)

"(생애사는) 사회 구조와 역사적 과정들이 어떻게 개인에 영향을 주고 개인은 그에 어떻게 대응 내지 적응하는가를 보여준다. 생애사 연구는 따라서 한 사회나 국가에 속했지만 다른 이야기를 가지고 있는 사람들의 다양한 진실들을 보여준다."(『역사와 기록 연구를 위한 구술사 연구방법론』, 윤택림, 아르케, 2019)

나는 한 사람의 생애를 글로 옮겼다. 하지만 그 작업은 한 사람만을 위한 일은 아니다. 독자들이 김두리라는 한 여성의 이야기를 읽으며, 이름도 얼굴도 내력도 다른 수많은 '김두리들'을 떠올렸으면 좋겠다. 그리고 그 많은 '김두리들'의 삶 또한 긍정과 존중의 눈으로 바라볼 수 있게 된다면 더 바랄 게 없을 것이다.

김두리金斗里 생애 연표

1929년(1세)	경북 영일군(현재의 포항시) 기계면 봉계동에서 5남매 중 넷째로 태어남.
1933년(5세)	아버지 작고.
1942년(14세)	이웃집에서 한글을 배워 깨침. 책을 읽고 친구들에게 이야기 해주기를 즐김.
1943년(15세)	봄에 '위안부'(방직공장이라 속임) 징집을 피하려고 어머니가 결혼을 시키려 했으나 1차 파혼. 그해 가을 현재의 경북 경주시 현곡면 남사리에 사는 최상회(당시 17세)와 결혼.
1944년(16세)	시아버지 작고.
1945년(17세)	남편의 일본군 징병을 피해 산골에 집을 짓고 생활하다 첫째 아들 최홍술을 낳고 해방을 맞음.
1948년(20세)	첫째 딸을 낳음.
1949년(21세)	시동생이 공산주의자들에게 끌려감.
1950년(22세)	공산주의자들에게 밥을 해줬다는 이유로 남편이 3~4개월간 옥살이를 한 뒤 풀려남. 시동생이 공산주의자로 몰려 처형됨.
1950년(22세)	전쟁이 일어나자 남편 입대. 첫째 딸 사망. 마당으로 피란 온 사람들을 도와줌. 남동생이 인민군에 끌려갔다가 탈출함. 남동생을 숨겨주다 총살당할 뻔함. 두 차례

자살을 시도.

1951년(23세) 남편이 입대 1년 만에 보름간 첫 휴가를 옴.

1952년(24세) 둘째 아들 최술용을 낳음.

1955년(27세) 둘째 딸 최순년을 낳음.

1956년(28세) 남편 제대.

1958년(30세) 셋째 딸 최병순을 낳음.

1958년 또는 1959년(30~31세) 둘째 아들, 이질과 회충 때문에 크게 고생함.

1961년(33세) 셋째 아들 최병석을 낳음.

1965년(37세) 막내 딸 최영순을 낳음. 경북 영천시 고경면 덕정리에 새 집을 지음. 이즈음부터 크고 작은 병에 시달리기 시작함. 둘째 아들, 중학교에 입학해 따로 자취함.

1966년 또는 1967년(38~39세) 시어머니 작고.

1967년 전후(39세) 셋째 아들, 갑작스런 복통으로 죽을 고비를 넘김. 이후에도 한동안 아파서 여러 병원을 찾아다니며 치료함.

1968년(40세) 둘째 딸, 국민학교 졸업 후 대구 방직공장에 취직. 둘째 아들도 중학교 졸업 후 대구로 가서 취직.

1970년(42세) 첫째 아들 결혼.

1971년(43세) 셋째 딸, 국민학교 졸업 후, 둘째 딸이 다니던 대구 방직공장에 취직.

1972년 또는 1973년(44~45세) 셋째 딸, 대구 방직공장 그만두고 부산으로 감.

1977년(49세) 둘째 아들 결혼.

1979년(51세) 둘째 딸 결혼.

1980년(52세) 첫째 아들, 포항으로 이주.

1981년(53세) 막내 딸, 부산으로 가 고등학교 입학.

1982년(54세) 대구 동살병원에서 담석증과 위 수술을 받고 열두 시간 만에 깨어남.

1983년 또는 1984년(55~56세) 둘째 딸, 포항으로 이주.

1984년(56세) 셋째 딸과 막내 딸이 있는 부산으로 이주.

1986년(58세) 첫째 아들이 있는 포항으로 이주.

1987년(59세) 남편 사망. 셋째 아들 결혼. 첫째 아들네와 살림을 합침.

1988년(60세) 막내 딸 결혼.

2008년 전후(80세) 셋째 딸(당시 52세로 추정), 치매 발병. 발병 이후 약 3년간 셋째 딸 집에서 둘이 지냄.

2013년(85세) 첫째 아들 사망.

2021년 현재 93세.